dtv

Es ist nie zu spät, sich seine Träume zu erfüllen. Siegtrud, die vor Kurzem Witwe geworden ist, staunt, was man in Reykjavík alles erleben kann, ohne Geld auszugeben. Ein Glas Champagner auf einer Vernissage, ein kostenloser Museumsbesuch oder eine Trauerfeier mit anschließendem Imbiss – Siegtrud ist dabei, stets in einen eleganten französischen Seidenschal gehüllt, ein Erbe ihrer Mutter. Der Schal erinnert sie an das Rätsel ihrer Herkunft: Großvater Magnus soll Franzose gewesen sein. Erst jetzt im Alter findet sie die Muße, Nachforschungen anzustellen. Sie lernt Französisch und träumt von einer Reise an ihren Sehnsuchtsort Paris. Kristín Steinsdóttir hat einen anrührenden, doch ganz und gar unsentimentalen Roman über eine Frau geschrieben, die erst in späten Jahren den Mut findet, ihre eigenen Wege zu gehen.

Kristín Steinsdóttir, geboren 1946, arbeitete viele Jahre als Lehrerin in Grundschulen und Gymnasien, bevor sie sich 1988 dem Schreiben von Kinderbüchern zuwandte. Inzwischen zählt sie zu den meistgelesenen Kinderbuchautorinnen Islands. ‹Eigene Wege› ist ihr zweites Buch für Erwachsene, es war 2008 für den Literaturpreis des Nordischen Rates nominiert und wurde 2007 mit dem Isländischen Literaturpreis der Frau ausgezeichnet.

Kristín Steinsdóttir

Eigene Wege

Roman

Aus dem Isländischen
von Tina Flecken

Deutscher Taschenbuch Verlag

**Ausführliche Informationen über
unsere Autoren und Bücher
finden Sie auf unserer Website
www.dtv.de**

MIX
Papier aus verantwortungsvollen Quellen
FSC® C019821

2. Auflage 2011

Die isländische Originalausgabe erschien 2006
unter dem Titel ‹Á eigin vegum› bei Vaka-Helgafell, Reykjavík
Umschlagkonzept: Balk & Brumshagen
Umschlaggestaltung: Wildes Blut, Atelier für Gestaltung.
Stephanie Weischer unter Verwendung eines Fotos
von plainpicture/Arcangel
Satz: Fotosatz Amann, Aichstetten
Druck und Bindung: Druckerei C. H. Beck, Nördlingen
Gedruckt auf säurefreiem, chlorfrei gebleichtem Papier
Printed in Germany · ISBN 978-3-423-14040-9

I

Um kurz vor eins schlüpfte Siegtrud in die Háteigskirkja. Sie zog ihren Mantel aus, hängte ihn auf, behielt jedoch den Schal an, blickte in den Spiegel und strich sich rasch übers Haar, um wieder zu richten, was der Wind durcheinandergebracht hatte. Dann ging sie langsamen, aber sicheren Schrittes durch den Mittelgang der Kirche, hielt den linken Arm dicht am Körper und setzte sich auf die rechte Seite.

Obwohl sie sich nicht umdrehte, wusste sie, dass sich die Bänke füllten, merkte es an den Schritten, hörte es am vielstimmigen Husten und Räuspern. Kirchenbesucher räusperten sich immer in den letzten Minuten vor dem Präludium.

Man könnte meinen, sie wollten alle ein Solo singen, dachte Siegtrud lächelnd. Sie wusste, dass wie immer kaum jemand mitsingen würde, kramte ein Taschentuch aus ihrer Handtasche und nahm es in ihre linke Hand. Es war schneeweiß mit einem schmalen, gehäkelten Spitzenbesatz.

Bald würde das Präludium erklingen, und Siegtrud holte tief Luft, spürte, wie die innere Anspannung von ihr abfiel. Dann schaute sie sich um. Die meisten Anwesenden schienen ältere Leute zu sein, Frauen mit Hüten und Männer mit Haarkränzen, einige dunkel, die meisten grau, vereinzelte silbrigweiß. Siegtrud selbst besaß keinen Hut, wäre sich mit einer solchen Kopfbedeckung wohl töricht vorgekommen. Obwohl sie sich oft einen gewünscht und schon zweimal ein Hutgeschäft betreten hatte, doch beide Male, ohne etwas zu kaufen.

Befiehl du deine Wege,
und was dein Herze kränkt …

Siegtrud hatte eine schöne Stimme, die jedoch inzwischen bei den höheren Tönen zitterte. Sie genoss es, im Chor zu singen. Als junges Mädchen hatte sie in der Kirche Sopran gesungen, bis ihre Stimme tiefer geworden war. Dann war sie auf Mezzosopran umgestiegen und hatte Notenlesen gelernt. Später hörte sie jedoch mit dem Chorsingen ganz auf.

Siegtrud konnte alle Psalmen auswendig, tat jedoch so, als lese sie wie die anderen vom Blatt ab. Das Konterfei von Matthildur Ó. Brandsdóttir, einer hageren Frau mit kurzem, lockigem Haar in einem hellen Kleid und mit einer Perlenkette, lächelte sie von der Vorderseite des Liedblattes aus an. Siegtrud konnte die Farbe der Kette nicht erkennen, denn das Foto war schwarz-weiß, stellte sich aber vor, dass sie meergrün war, passend zu Matthildurs Augen. Das Kleid war voluminös mit langen Ärmeln und großem Kragen, es schien aus Brokat oder bearbeiteter Seide zu sein.

Matthildur Ó. Brandsdóttir
Geboren 8. Mai 1912
Gestorben 28. September 2004

Ihre Augen strahlten so herzlich, dass Siegtrud ganz warm ums Herz wurde und sie aus vollem Hals mit einstimmte:

... der wird auch Wege finden,
da dein Fuß gehen kann.

Als der Chor verstummte und der Organist aufhörte zu spielen, drehte sich eine Frau in der Bank vor Siegtrud um und musterte sie forschend über den Rand ihrer Brille. Sie trug einen breitkrempigen, dunkelgrünen Hut und roch nach schwerem Parfüm. Siegtrud kannte die Frau und begann zu schwitzen. Immer wieder dasselbe. Beim nächsten Mal musste sie besser achtgeben, wo sie sich hinsetzte. Beinahe hätte sie sich vorgebeugt und geflüstert, sie singe für Matthildur. Hätte die Frau gebeten, sich wieder umzudrehen, es gehöre sich nicht, in der Kirche falsch herum zu sitzen. Sie gebeten, sie nicht zu stören. Aber Siegtrud sagte nichts, neigte nur den Kopf, lauschte der Bibellesung des Pfarrers und sah aus dem Augenwinkel, dass der breitkrempige Hut wieder in die richtige Richtung zeigte.

Vielleicht lag es an der stickigen Luft in der von der Sonne erwärmten Kirche oder am frühen Aufstehen, dass das ferne Wellengetöse und die salzige Meeresluft in der Gedenkrede des Pfarrers Gestalt annahmen.

Das Wasser war angestiegen. Die Kirchentür stand weit offen, und weiße Gischt strömte durch den Mittelgang, riss vereinzelte Tangfetzen mit sich und schwappte über die Schluchzer, die zu einem großen Stein am Strand geworden waren.

Siegtrud streifte ihre Schuhe ab, bohrte die Zehen in den Sand und genoss es, barfuß zu sein. Die Seehunde hielten draußen auf dem Meer Wache und beobachteten zwei kleine Mädchen. Der Gipfel im Süden war schneefrei und kein Wölkchen am Himmel.

Am Abend wurde die Ziehmutter aus der Stadt zurückerwartet, Vorfreude lag in der Luft. Siegtrud sehnte sich nach Socken aus dem Laden, verabscheute selbst gestrickte Wollsocken. In denen ging sie wie der Storch auf dem Bild im Märchenbuch. Sie dachte sich Krankheiten aus, um sie loszuwerden, konnte es kaum erwarten, groß zu sein und selbst entscheiden zu dürfen. Träumte von einer ganzen Kommodenschublade mit herrlichen gerippten Ladensocken.

Bei *Gesegnet seist du meine Heimat* schreckte sie auf und sah sich um. Sie war auf ihrem Platz zusammengesunken und hatte ihre Schuhe unter die nächste Bank getreten. Hoffentlich hatte sie nicht geschnarcht. Verlegen spähte sie zu der Frau neben sich, aber die saß nur da und starrte stumm und ausdruckslos auf ihr Liedblatt. Auf der anderen Seite schlief ein älterer Herr. Er pfiff beim Einatmen durch die Nase und schnaubte beim Ausatmen. Siegtrud schlüpfte in ihre Schuhe, richtete sich auf und stimmte energisch mit ein.

Matthildur wurde beim Adagio in g-Moll hinausgetragen, und Siegtrud blickte angestrengt zu Boden. Dennoch glaubte sie zu erkennen, wie die Frau mit dem grünen Hut ihr Kinn reckte. In der Fossvogskirkja hatte Siegtrud einmal einen Mann beobachtet, der dem Leichenzug derart hinterhergestarrt hatte, dass er fast von der Empore gestürzt wäre.

Das Trauermahl war gut besucht. Auf dem Tisch waren brennende Kerzen, Blumen und ein Gästebuch. Dort stand auch ein Foto von Matthildur, dasselbe wie auf dem Liedblatt, nur diesmal in Farbe. Siegtrud sah, dass die Kette blaue Steine hatte und Matthildurs verschmitzte Augen himmelblau waren.

Und ich hätte schwören können, sie wären grün, dachte Siegtrud. Als sie an die Reihe kam, schrieb sie mit leicht zitternder Hand: *Siegtrud K. Ólafsdóttir*.

Das K war viel zu schief, und sie hoffte, dass die Leute hinter ihr es nicht bemerken würden. Es fiel ihr schwer, zu schreiben, wenn jemand zuschaute. Sie ballte die linke Hand zur Faust und beugte sich über das Blatt. Das Gästebuch schien sich drehen zu wollen. Meist schrieb sie erst hinein, wenn sie sich auf den Heimweg machte. Dann war alles ruhiger geworden, und man konnte beim Hinausgehen die Anzahl der Gäste überschlagen.

Die Angehörigen waren noch auf dem Gufunes-Friedhof, aber die Gäste wurden ermuntert, sich an der Kaffeetafel gütlich zu tun. Siegtrud zählte neben dem warmen Gericht sechs Speisen, belud systematisch ihren Teller und achtete sorgfältig darauf, dass sich die Speisen nicht miteinander vermischten. Dann setzte sie sich ans Fenster. Die Tischdecken waren weiß, die Servietten und Kerzen dunkelblau.

Siegtrud war nicht sehr gesprächig, pries nur das Herbstwetter, bat ihren Platznachbarn, ihr Kaffee nachzuschenken, seufzte und pflichtete ihm bei, als er sagte, es sei gut, dass Matthildur nun Ruhe gefunden habe. Siegtrud ging zweimal zum Buffet und einmal zur Toilette. Das warme Gericht war ein wahrer Genuss, das Schmalzgebäck hingegen viel zu fettig, offenbar war der Topf beim Frittieren nicht heiß genug gewesen.

Als die Angehörigen eintrafen, verschwand Siegtrud durch die Tür, kehrte ihnen den Rücken zu und ging schnell um die nächste Ecke, wo der Herbstwind sie in Empfang nahm. Sie schlang den Mantel fester um sich und ging langsam die Anhöhe hinauf zu den Wassertanks bei der Seemannsschule.

Im hellen Herbstlicht erhob sich der Snæfellsgletscher wie eine Luftspiegelung. Er war so nah, dass sie den Eindruck hatte, ihn umarmen zu können, wenn sie sich auf die Zehenspitzen stellte. Als Nächstes schaute sie ins Landesinnere, zu den Gletschern im Osten und nach Norden. *Sie blieb erst stehen, als sie an einem hübschen Hang mit einer niedrigen, bäuerlichen Kirche angelangt war. Dort öffnete sie das Friedhofstor, wanderte zwischen den Gräbern umher und suchte.*

Der scharfe Herbstwind trieb ihr Tränen in die Augen, sodass alles vor ihr verschwamm. Sie blinzelte, schüttelte sich leicht und machte sich auf den Weg. Zielstrebig marschierte sie den Abhang hinunter ins Norðurmýri-Viertel, ging an betonierten Gartenmauern entlang und watete durch das Herbstlaub. Einige Mauern waren in schlechtem Zustand, andere gänzlich zerfallen. Auf dem Gehsteig vor dem Haus begrüßten sie die Katzen, strichen um ihre Beine und schnurrten. Alle außer Cäsar.

«Hast du Durst, mein Schmusekater? Oder bedrückt dich etwas?», fragte sie und kraulte Cäsars verbliebenes Ohr; das andere hatte er im Kampf verloren. Der Kater reagierte kaum. Sie holte Milch und goss sie in Unterteller. Setzte sich dann auf einen Gartenstuhl und beobachtete die Katzen beim Schlecken. Die Blumen im Garten waren verblüht. Nur die Lorbeerweide hatte sich gehalten, ebenso wie die Chrysanthemen und Astern. Sie musste neue Pflanzen holen, die den Herbst überdauerten.

Cäsar rührte die Milch nicht an, aber Kleopatra vertilgte seine Portion mit. Siegtrud reckte sich nach ihm und strich über sein altes Fell. Dann streifte sie die Schuhe ab und schloss die Augen. Die Katzen leckten sich die Mäuler und gähnten, kringelten sich zusammen und schliefen ein.

2

Siegtruds früheste Erinnerungen drehten sich um ihre Ziehmutter Hallfríður, die alte Hausherrin von Hafnir. Siegtrud war immer bei ihr und schlief mit ihr in einem Bett. Wenn sie zurückblickte, fiel ihr Hallfríður als Erste ein, aber auch die Kinder des Hofes tauchten auf, besonders Ragnheiður, die genauso alt war wie sie. Ragnheiðurs ältere Brüder waren Flegel, aber nicht gemein. Die junge Hausherrin, Hallfríðurs Tochter Margrét, lächelte immer müde, und dann war da noch der Bauer. Mägde und Knechte kamen und gingen.

Sobald im Frühling der erste Löwenzahn aus der Erde kam, machten sich Siegtrud und Ragnheiður daran, den gesamten Hausrat auf dem Hügel oberhalb des Hofes aufzureihen und Ordnung zu schaffen. Von dort konnte man das Meer sehen und die Brandung hören. Den ganzen Sommer über dekorierten sie Matschkuchen mit Löwenzahn und Butterblumen. Manchmal spielten die Brüder mit ihnen. Wenn die Gelegenheit günstig war, kletterten die Jungen heimlich auf den Farmall-Traktor, wurden jedoch ausgeschimpft oder bekamen sogar eine Tracht Prügel, wenn der Bauer sie dabei erwischte. Oft hielt er den Kindern Standpauken oder stand plötzlich auf dem Hügel und erteilte Befehle. Die Brüder murrten, Ragnheiður gehorchte, und Siegtrud versuchte, so unauffällig wie möglich zu sein.

Immer wieder fragte sie ihre Ziehmutter, warum der

Bauer so aufbrausend sei. Hallfríður antwortete mit langen Geschichten über den alten Hausherrn, Pétur, der nie die Beherrschung verloren hatte. Er war nun bei Gott.

«Hat er auf meinem Platz geschlafen?», fragte Siegtrud und musterte das gemachte Bett.

«Du schläfst auf seinem Platz, mein Liebes», sagte die Ziehmutter und strich ihr über den Kopf. Manchmal murmelte sie auch etwas von sieben Töchtern, die Jungen hätten werden sollen, oder erzählte von einem Tanzfest im Gemeindehaus Ljósvangur, wo Margrét einen Landwirt aus dem Südland kennengelernt hatte.

«Landwirt, tja, so kann man es wohl auch nennen», knurrte die Ziehmutter. Sie ballte die Fäuste und öffnete sie wieder. Dann fügte sie hinzu: «Mein Pétur ist einfach zu früh von uns gegangen.»

Siegtrud schaute zu seinem Bild in dem wuchtigen ovalen Rahmen über dem Kopfende des Bettes. Pétur hatte ein markantes Gesicht, und sie fürchtete sich ein bisschen vor ihm, doch Hallfríður versicherte, er sei ein liebenswürdiger Mensch gewesen.

Wenn es regnete, erzählte Hallfríður Geschichten, und die Kinder lauschten mit offenen Mündern. Die Reise mit dem dänischen Küstenschiff Týra gehörte zu den größten Abenteuern. An Bord war es so eng gewesen, dass Hallfríður fast erstickt wäre. Sie war auf dem Weg zur Hebammenschule in Reykjavík gewesen, und auf dieser Reise hatte sie Pétur getroffen. Die Kinder bauten aus Esszimmerstühlen und Wolldecken ein Schiff. Dann fuhren sie mit der Týra Richtung Süden, wo Liebe und Abenteuer lockten.

Wenn Siegtrud es geschickt anstellte, erzählte Hallfríður ihr von Petrína, ihrer Mutter. Endlos konnte sie den Geschichten über die hübsche Magd lauschen, die gestorben war, als sie selbst auf die Welt kam.

«Glaubst du, dass sie mich gesehen hat?», fragte sie oft. Hallfríður bejahte. Und sagte obendrein, ihre Mutter beobachte sie, sie würde Petrínas Anwesenheit spüren, obwohl sie sie nicht sehen könne. Es gab kein Foto von Petrína, aber in dem Koffer, den Siegtrud geerbt hatte, war ein Bild von einem dunkelhaarigen Mann. Hallfríður sagte, es müsse sich um Siegtruds Großvater Magnús handeln, ihre Mutter sei ihm wie aus dem Gesicht geschnitten. Als Siegtrud versuchte, sich den Vollbart wegzudenken, kam ein Lächeln zum Vorschein, und das Haar wurde zu dicken, dunklen Zöpfen, die bis zur Taille reichten.

«Und warum ist sie gestorben?» Siegtrud löcherte Hallfríður mit Fragen. Die versuchte so gut sie konnte Ordnung in das Durcheinander zu bringen. Siegtrud verstand die Geschichten der Ziehmutter nicht immer, hörte aber geduldig zu.

Hallfríður hatte allen Kindern in der Gemeinde auf die Welt geholfen. In jenem Frühjahr, als Hitler Österreich ins Dritte Reich eingliederte, lag die Magd auf dem Hof in den Geburtswehen.

«Als die Wehen im Laufe des Tages immer heftiger wurden, begann ich, mir Sorgen zu machen. Anscheinend warst du auf die Idee gekommen, dich zu drehen, und hattest dich festgeklemmt. Obwohl ich deine Mutter in den letzten Wochen oft abgetastet hatte und alles in Ordnung schien.»

Hallfríður hatte den Hausherrn gebeten, unverzüglich den Arzt anzurufen und ihm zu sagen, dass er kommen müsse. Die Telefonstation war geschlossen, aber der Hausherr setzte einen Notruf ab, bis er Verbindung zur Station bekam, die wiederum beim Arzt anrief, dessen Frau antwortete. Der Arzt war bei einem Hausbesuch. Sie wusste nicht, wann er zurück wäre, er würde sich dann melden.

«Und was dann?»

«Margrét hat deiner Mutter einen Lösestein unters Kopfkissen gesteckt», antwortete Hallfríður. «Die Wehen schienen schwächer zu werden, und sie schlummerte ein.»

Wie immer, wenn die Geschichte an diesem Punkt angelangt war, wies Hallfríður Siegtrud an, ein kleines Döschen vom Regal zu holen. Als sie es öffnete, schlug ihr Modergeruch entgegen. In altem Weizenmehl, etwas verdeckt, lag ein flacher, runder Kieselstein. Siegtrud wusste, dass das der Lösestein war. Man durfte ihn nicht mit bloßen Händen berühren, und sie starrte ihn an, während sie der Ziehmutter lauschte.

Hallfríður flüsterte, es bereite ihr stets große Freude, Kindern auf die Welt zu helfen, wenn nur alles gut ging. Doch niemand, der es nicht erlebt habe, könne die Angst, Mutter und Kind zu verlieren, nachempfinden. Manchmal erzählte sie auch andere Geschichten von Frauen, die bei der Geburt gestorben waren, sich stundenlang gequält hatten und nicht gebären konnten. Die Geschichten waren weitschweifig, und eine folgte auf die andere. Diese Frauen wurden Siegtruds Freundinnen, bis sie sie kurz darauf wieder verlor.

Hallfríður tastete Petrína mit geübten Fingern ab und versuchte nach bestem Vermögen, das Kind zu drehen. Bei der nächsten Wehe hielt sie es fest und zog energisch. Petrína schrie vor Schmerz, doch Hallfríður ließ nicht los und spürte, wie das Baby ihrem Griff folgte. Mit den Füßen voran. Sie wartete, und beim nächsten Pressen kam es.

«Das war ich», sagte Siegtrud und wandte ihren Blick schnell von dem Lösestein ab.

Das Mädchen, blaugrau und schwächlich, gab keinen Laut von sich. Hallfríður machte die Atemwege frei und durchtrennte die Nabelschnur. Anschließend hob sie das Mädchen hoch, gab ihm immer wieder einen Klaps und legte es abwechselnd in kaltes und heißes Wasser, bis Laute von dem kleinen Körper zu vernehmen waren, die in Schreien übergingen. Die Hautfarbe veränderte sich. Da reichte Hallfríður Margrét das Kind, sagte ihr, sie solle weitermachen, und kümmerte sich um Petrína.

«Das war ich», wiederholte Siegtrud und schaute ihre Ziehmutter erwartungsvoll an.

«Natürlich warst du das», antwortete Hallfríður in Gedanken. Dann schwieg sie lange. Siegtrud wusste, dass es an dieser Stelle keinen Zweck mehr hatte, weiterzufragen.

«Es hat nicht lange gedauert», sagte die Ziehmutter schließlich. «Ich habe versucht, mich damit zu trösten, dass ich nur zwei Hände habe.»

Als sie Petrína im Bett anschaute, war sie mit ihrem Latein am Ende. Der Tod hatte die junge Frau bereits gezeichnet. Ihr hübsches Gesicht war leichenblass, und Blut färbte die Bettlaken. Hallfríður holte Bettdecke und Kissen aus dem nächsten Bett und stopfte alles unter Petrínas Beine, um sie anzuheben und die Blutung einzudämmen. Dann nahm sie Margrét das kleine Bündel ab und legte es seiner Mutter in den Arm. Dabei sagte sie laut, es sei ein Mädchen. Petrína bewegte ihre rechte Hand und strich sanft über den kleinen Kopf. Sie schien etwas zu flüstern. Margrét beugte sich zu ihr hinunter und behauptete später, es sei der Name Kristbjörg gewesen. Petrínas Lächeln war schwach, doch allmählich kam das Strahlen zum Vorschein, das sie so gut kannten. Dann erlosch es wie ein Licht, das stirbt.

«Und du wurdest bei dem ganzen Drama einfach vergessen, mein Lämmchen», sagte Hallfríður.

Während die Leiche hergerichtet wurde, rief der Arzt an. Erschöpft von Anstrengung und Kummer, sagte Hallfríður dem Hausherrn, er könne dem Arzt ausrichten, er solle zur Hölle fahren. Da fiel ihr Blick auf das kleine Bündel und sie bekam ein schlechtes Gewissen.

«Ich habe dich mit warmem Wasser gewaschen. Es gab kein Vertun, deine Hautfarbe war normal. Dann saß ich eine ganze Weile mit dir da. Was sollte nur aus dir werden? Und was bezweckte das Schicksal damit, dir das Leben zu schenken?»

Sanft strich sie über die kleinen Fäuste, öffnete sie und betrachtete die Handinnenseiten. Gewiss, sie war müde, aber doch nicht so sehr, dass ihre Sinne sie trogen. Sie setzte die Brille ab, putzte sie mit dem Rockzipfel und setzte sie wieder auf. Nein, es gab kein Vertun.

Die linke Hand war anders als die rechte. Die Arme waren gleich, aber die Hand hatte eine Verdickung. Der einzige normale Finger war der Daumen, die anderen waren zusammengewachsen, mit Schwimmhäuten dazwischen. Hallfríður saß mit dem Kind im Arm da und betrachtete etwas, das aussah wie eine winzige Seehundflosse.

Am dritten Sonntag nach dem Dreifaltigkeitsfest hielt Hallfríður das Kind bei der Taufe. Schon lange war sie nicht mehr so beschwingt und fröhlich gewesen.

Siegtrud war der Name ihrer Mutter. Sie hatte ihn schon einmal vor langer Zeit ausgewählt, doch ihr kleines Mädchen war im vierten Jahr an einer Blutvergiftung gestorben. Die Erinnerung daran war so schmerzlich, dass sie es erst jetzt wagte, den Namen wieder zu verwenden, und sie wählte Kristbjörg als zweiten Namen, denn Margrét behauptete, das sei Petrínas Wille auf dem Sterbebett gewesen. Es sprach sich herum, dass das Mädchen nicht recht beschaffen sei und womöglich keinen Vater hätte. Viele wollten mehr wissen. Doch die Kirchenbesucher erfuhren kaum etwas. Der Hausherr blieb zu Hause, Margrét verplapperte sich nicht, und Hallfríður war wie üblich kurz angebunden. Beantwortete einige Fragen wahrheitsgemäß, andere ausweichend und wickelte das Mädchen in den Sonntagsschal der seligen Petrína. Fand, das sei angemessen. Meinte, Petrína sei dann bei ihnen in der Kirche.

Siegtrud war ein kleiner Sonnenschein mit rotem Flaum auf dem Kopf. Es waren heitere Tage, getrübt nur durch die Nörgeleien des Hausherrn.

Als ihm aufging, dass Hallfríður das Mädchen niemals

weggeben würde, wollte er es so lange für die Gemeinde in Pflege nehmen, bis der Vater gefunden wäre. Doch Hallfríður weigerte sich und sagte, das Mädchen bleibe in ihrer Obhut. Er verlangte Geld, erntete jedoch nur höhnisches Gelächter. Wollte er der alten Hausherrin etwa unter ihrem eigenen Dach Befehle erteilen?

Margrét bat ihre Mutter, sich zu beherrschen, und versuchte, Frieden zu stiften, aber der Hausherr und Hallfríður stritten sich bei jeder Gelegenheit. Und Siegtrud nannte ihn stets einen Feigling, wenn die Ziehmutter nicht hinhörte. Die behielt das Mädchen immer im Auge, behandelte es mit besonderer Sanftmut und sah es heranwachsen.

3

Der Spiegel der Ziehmutter hing links neben ihrer Zimmertür. Er hatte einen ovalen Messingrahmen mit aufgesetzten Rosen. Das Glas war mit kleinen, schwarzen Punkten übersät, so als liege ein Schleier darüber.

«Stimmt es, dass du den Spiegel von einer Elfenfrau bekommen hast?», fragte Siegtrud eines Tages. Die Ziehmutter antwortete nicht, schaute sie nur über den Rand ihrer Brille hinweg an.

«Dass sie dir den Spiegel geschenkt hat, weil du ihrem Kind auf die Welt geholfen hast?», fragte sie weiter.

«Erzähl nicht solche Dummheiten, mein Liebes», sagte die Ziehmutter bestimmt. Siegtrud wusste, dass Hallfríður manchmal mitten in der Nacht hinausging, lange wegblieb und völlig ausgekühlt war, wenn sie zurück ins Haus kam. Sie sprachen jedoch nie darüber, und Siegtrud folgte ihr nicht.

Siegtrud musste einen Stuhl zum Spiegel ziehen und hinaufklettern, um sich sehen zu können. Dann erblickte sie rote Zöpfe, Sommersprossen und große, dunkelbraune Augen. Im linken Auge war ein kleiner, grüner Fleck. Wenn sie lächelte, kamen leicht schiefe Zähne zum Vorschein. Aber manchmal schaute ein blauäugiges Mädchen mit einer vergoldeten Spange im blonden Haar sie durch den Schleier an. Das Mädchen sagte, es heiße Kristbjörg, und erschien nur, wenn sonst keiner im Raum war. Es hatte schlanke Finger, schöne Hände und nicht eine einzige Sommersprosse.

Die Ziehmutter bewahrte Petrínas Koffer hinter ihrem Bett auf. Stundenlang konnte Siegtrud dessen Inhalt betrachten.

In einem kleinen Innenfach lag das Bild von ihrem Großvater Magnús. In der rechten Ecke des Bildes stand *Eyjólfur 1910* und auf der Rückseite *Seyðisfjörður*. Magnús hatte dunkle Haare und Augenbrauen und sah anders aus als alle anderen Leute, die Siegtrud kannte. Er hatte eine breite Stirn, dunkle Augen und eine auffällig große Nase. Sein Kinn konnte sie wegen des schwarzen Barts nicht sehen. Auch der Mund war von Barthaaren bedeckt, doch sie stellte sich vor, dass Magnús volle Lippen hatte.

Hallfríður sagte, es sei wohl sicher, dass Siegtrud französische Vorfahren habe. Ihre Mutter habe ausländisch ausgesehen, und Siegtrud müsse nur ihren Großvater anschauen, um zu erkennen, woher das komme. In einem alten Atlas schlugen sie Frankreich auf, es war unendlich weit weg.

Zuoberst im Koffer lag Petrínas sorgfältig zusammengefalteter Schal. Er war dunkel und aus dünner Wolle mit einem Muster, das an Schneckenhäuser erinnerte. Sie wanden sich ineinander und wechselten je nach Lichteinfall die Farbe. Hallfríður meinte, die Schneckenhäuser seien aus Seide gewoben. Noch nie hatte Siegtrud ein Kleidungsstück in den Händen gehalten, das einen solchen Duft verströmte. Die Ziehmutter behauptete, der Schal sei französisch, und zeigte ihr, wie sie sie bei der Taufe darin eingewickelt und ihn als Taufkleid benutzt hatte. Da wollte Siegtrud wissen, wem der Schal ursprünglich gehört hatte. Das konnte die Ziehmutter nicht beantworten, sagte nur, Petrína habe ihn bei sich gehabt, sie müsse ihn von ihrer Mutter Kristbjörg geerbt haben. Und sie nahm Siegtrud das Versprechen ab, immer auf den Schal achtzugeben, denn er sei eine Kostbarkeit.

Als Hallfríður das sagte, bekam Siegtrud Angst, denn sie glaubte, ihre Ziehmutter müsse sterben, und sie schmiegte sich an sie. Manchmal wachte sie nachts auf und lauschte Hallfríðurs Atemzügen. Die Ziehmutter mochte ihr nicht versprechen, dass sie ewig leben würde, wollte aber so lange leben, wie sie konnte.

Und woher stammte die Mundharmonika? Die gehörte auch zu den Schätzen im Koffer. Siegtrud blies und schob die Mundharmonika hin und her, bis sich die Ziehmutter die Ohren zuhielt und stöhnte, dieser Radau stamme von ihrem Vater.

Und wieder wurde Hallfríður mit Fragen bestürmt. Warum war der Vater nicht da? Hatte sie keine Geschwister? Sie wusste, dass die Kinder auf dem Hof nicht mit ihr verwandt waren. Manchmal wollte Ragnheiður ihre Schwester sein, manchmal nicht. An dem Tag, als die Ziehmutter mit einem Paar Socken für Ragnheiður und zwei Paar Socken für Siegtrud aus dem Genossenschaftsladen nach Hause kam, sperrte Ragnheiður Siegtrud aus und sagte, sie könne im Kuhstall bleiben.

Wenn die Sprache auf Siegtruds Vater kam, wurde Hallfríður schweigsam. Sie sagte, er wohne im Südland am

Meer, sei ein rothaariger, lärmender Seemann. Als sie das letzte Mal von ihm gehört hätte, habe er auf einem Schiff aus Sandgerði gearbeitet.

Petrínas Tracht nahm viel Platz in Anspruch. Schürze und Schleife waren einmal hell gewesen, aber jetzt leicht vergilbt, und der Rock war weit und bauschig. Als Siegtrud noch ganz klein war, hatte sie schon den silbernen Troddelhalter poliert, damit er glänzend blieb. Sie hatte sich heimlich die Troddelkappe aufgesetzt, doch Hallfríður verbot ihr, mit den Kleidern aus dem Koffer zu spielen.

Auf dem Boden des Koffers lag das Buch mit den Fotos. Es war länglich und schmal, aus dickem Papier, das sich aus dem Einband gelöst hatte. Auf dem Buchdeckel stand LA FRANCE – Frankreich. Niemand außer ihnen beiden durfte das Buch anfassen. Manchmal durfte Ragnheiður es jedoch mit ihnen zusammen anschauen.

In dem Buch waren Frauen mit langen Röcken, die an Trachtenröcke erinnerten, aber ihre Blusen hatten stark gebauschte Ärmel und noch dazu Rüschen. Die meisten Frauen trugen breitkrempige Hüte mit Federschmuck, und Siegtrud entdeckte keine einzige mit anständigen Zöpfen oder einer Troddelkappe. Am meisten wunderte sich Siegtrud über die schmalen Taillen der Frauen. Solche Taillen hatte sie noch nie gesehen. Selbst die dünnsten Bohnenstangen in der Gemeinde waren nicht so schlank. Die französischen Frauen schauten alle ziemlich finster drein. Ob sie sich so sehr langweilten? Und es gab kein einziges Bild von einem Kind. Gab es in Frankreich vielleicht keine Kinder?

Das erste Bild zeigte einen großen Turm und darunter stand *La Tour Eiffel, Paris*. Siegtrud schien er bis in den Himmel zu reichen, aber die Ziehmutter war der Meinung, man könne hinaufsteigen. Siegtrud schwindelte bei dem Gedanken, und sie zählte im Geiste die Stufen. Stieg mit geschlossenen Augen hinauf, und als sie oben angekommen war, lag ihr Paris wie auf den Bildern im Buch zu Füßen.

Die Ziehmutter erzählte ihr Geschichten von französischen Königen und Kaisern, aber auch von armen Leuten, Aufständen und Hinrichtungen. Siegtrud glaubte nicht richtig an die Armut, denn im Buch war sie nirgends zu sehen. Nach und nach fühlte sie sich mit diesen Menschen verbunden und begann zu glauben, sie sei Französin. Was sollte es sonst für eine Erklärung für das Aussehen ihres Großvaters geben, für den Schal und das Buch mit den Fotos?

Hastig leerte sie den Koffer, kroch hinein und schloss ihn. Achtete jedoch darauf, ein Holzstückchen in den Spalt zu stecken. Einmal war sie eingeschlafen, und es hätte nicht viel gefehlt und sie wäre erstickt. Seitdem verbot Hallfríður diesen Unfug, aber es gab Tage, an denen sich Siegtrud nicht beherrschen konnte. Mit dem Schal um die Schultern, dem Bild von ihrem Großvater Magnús in der einen und LA FRANCE in der anderen Hand klappte sie den Koffer zu und flog davon.

Als sie die Gardinen zur Seite zieht, liegt ihr Paris zu Füßen. Sie kann nicht genug davon bekommen, die Stadt zu betrachten. Auf dem Fluss fahren Lastkähne, und von dort hört sie lautes Dröhnen. Manchmal bemerkt sie jemanden an Deck und winkt, aber sie ist so hoch oben, dass niemand sie sieht.

Gespannt wartet sie auf den größten Lastkahn. Auf dem ist ihr Vater Kapitän, und jedes Mal, wenn er vorbeifährt, spielt er für sie auf der Mundharmonika. Dann schaut sie zu den Häuserreihen am Fluss, zu den Bäumen, die winzig klein aussehen, den Blumengärten und Schlössern. Blinzelt mit den Augen und meint, in der Ferne Versailles auszumachen. Dort leben Magnús aus dem Kofferfach und ihre Ziehmutter, die nicht im Eiffelturm wohnen möchte, weil sie so schlecht zu Fuß ist.

Jetzt hört sie Petrína die Treppe hinaufkommen. Sie wünscht guten Tag und reicht Siegtrud heißen Kakao. Das macht sie jeden Morgen. Sie trägt ihre Tracht, hat jedoch eine neue Schürze mit französischem Muster umgebunden. Der Silberhalter an der Troddelkappe ist frisch poliert und glänzt, und Siegtrud darf die Kappe auf ihr verfilztes Haar setzen, während sie Kakao aus hauchdünnen Porzellantassen mit Rosenmuster trinken.

Eilig zieht Siegtrud die Ladensocken an, und Mama hilft ihr ins Kleid. Mama hat sanfte Hände, aber dennoch weigert sich Siegtrud, sich kämmen zu lassen. Da wird Petrína ernst und sagt, das einzige Kind in ganz Frankreich müsse ordentlich aussehen. Siegtrud gibt nach, und Petrína flicht ihr rotes Haar und bindet am Ende weiße Schleifen hinein. Dann beeilen sie sich, nach Versailles zu kommen, denn es müssen Innereien eingelegt werden.

4

Der Wecker klingelte um kurz nach fünf. Siegtrud schaltete das Licht ein und döste noch ein paar Minuten. Gab jedoch acht, nicht wieder einzuschlafen. Dann sprang sie aus dem Bett, setzte starken Kaffee auf und kochte Hafergrütze. Sie holte die Zeitungspäckchen, die draußen auf dem Bürgersteig lagen. Die kamen spät in der Nacht, wenn es keine Verzögerung in der Druckerei gab. Kälte schlug ihr entgegen, und sie beeilte sich, wieder ins Haus zu kommen. Die Päckchen entglitten ihr fast, doch sie schleppte sie in die Küche, schnitt das Plastik auf und stapelte die Zeitungen in den Wagen. Inzwischen verstand sie sich darauf und lächelte bei dem Gedanken an ihre ersten Tage als Zeitungsausträgerin. Erinnerte sich daran, wie die Zeitungen in alle Himmelsrichtungen geflogen waren, als sie versucht hatte, sie direkt aus der Plastikfolie zu klauben, und wie Tómas fluchend hinter den Zeitungen hergerannt war. Er schäumte vor Wut und musste wegen des heftigen Windes aufgeben. Zur Krönung des Ganzen kippte die Karre ständig um.

Die schläfrigen Katzen waren aufgewacht und strichen um ihre Beine. Siegtrud gab ihnen etwas Milch, redete mit ihnen, streichelte und liebkoste sie. Sie zog sich warm an, schaltete überall, außer in der Küche, das Licht aus und ging los.

Bei der ersten Tour war der Zeitungswagen schwer. Deshalb ging sie zuerst bergab, machte immer dieselbe Runde, änderte nichts, vergaß nichts. Sie wurde nie behelligt, bekam nie Beschwerden und kümmerte sich herzlich und hingebungsvoll um ihre Kunden. Nie hatte sie gefehlt, noch nicht einmal an dem Tag, als Tómas beerdigt wurde. Es munterte sie auf, das Haus zu verlassen. Aber sie genoss es auch, einmal in der Woche auszuschlafen. Die Leser bekamen die Sonntagszeitung schon samstags vor dem Abendessen zugestellt, und sie hatte den ganzen Sonntag frei.

In den ersten Wochen hatte sie Schwierigkeiten, sich zwischen den schlecht beleuchteten Häusern zurechtzufinden. Jetzt kannte sie sowohl die Vor- als auch die Hintergärten und schritt energisch aus. Manchmal sah sie andere Zeitungsausträger, doch darüber hinaus begegneten ihr nur späte Nachtschwärmer. Viele sprachen sie an, wollten eine Zeitung haben. Niemand bedrohte oder belästigte sie, wie sie zunächst befürchtet hatte. Bevor sie ins Südland zog, waren Siegtrud viele hässliche Geschichten über Reykjavík zu Ohren gekommen, und nun hatte sie oft den Eindruck, dass von einer ganz anderen Stadt die Rede gewesen war.

Mit dem ersten Stadtviertel war sie schnell fertig. Dann holte sie zu Hause in der Küche einen neuen Zeitungsstapel, trank einen Schluck Wasser, ließ die Katzen nach draußen und nahm entschlossen das nächste Viertel in Angriff.

Kurz vor sieben hatte Siegtrud alle Zeitungen verteilt. Manchmal ging sie auf dem Heimweg bei der Bäckerei vorbei. Sie trank heiße Milch und schaltete das Radio ein. Dann kroch sie ins Bett, schlug die Zeitung auf und überflog die Traueranzeigen. Die Katzen schlichen zu ihr und ringelten sich an ihren Füßen zusammen. Friedlich schliefen sie alle ein und schlummerten bis in den späten Vormittag.

Als die Fischfabrik geschlossen wurde und die Ortschaft die Fangquote verlor, beschloss Tómas, ins Südland zu ziehen. Den Gedanken, dass die Lebensgrundlage der Region veräußert worden war, konnte er nicht ertragen. Er legte sich ins Bett und stand erst wieder auf, als er hörte, dass die Gemeinde ihr altes Haus Sólvöllur kaufen wollte. Es sollte einer neuen Straße weichen. Tómas stürzte aus dem Bett, doch wozu? Er wetterte über das Bauvorhaben, aber das Haus musste weg.

Sie kauften eine Souterrainwohnung im Norðurmýri-Viertel, die sich als Keller entpuppte. Im Badezimmer huschten Silberfischchen herum. Siegtrud war nicht empfindlich, und Tómas, dessen Augen nachließen, sah die Silberfischchen nie, hörte sie nur, wenn sie unter seinen Schuhen zerplatzten. Siegtrud fand es am schlimmsten, die Katzen dabei zu erwischen, wenn sie mit ihnen spielten.

Sie hatte schon lange fortgewollt und war im Geiste unzählige Male umgezogen. Doch nie hätte sie geglaubt, dass sie eines Tages in Reykjavík enden würde. Dort war sie niemals gewesen, war nur häufig nach Akureyri gefahren.

Tómas versuchte, Arbeit in der Fischverarbeitung zu bekommen, aber es klappte nicht. Er konnte nicht verstehen, warum Menschen, die bei bester Gesundheit waren, nicht arbeiten sollten, selbst wenn sie auf die siebzig zugingen. War die Fischfabrik mit Ausländern, die kein Isländisch konnten, etwa besser bestellt als mit älteren Leuten mit langjähriger Erfahrung? Siegtrud spornte ihn an, sich weiter zu bewerben, aber er gab auf und begnügte sich damit, Zeitungen auszutragen.

Siegtruds Bücher standen im untersten Regal im Wohnzimmer. Dort war das alte Psalmenbuch, das sie zur Konfirmation bekommen hatte, eine Bibel aus dem Besitz ihrer Mutter Petrína Magnúsdóttir, eine abgegriffene Ausgabe der *Passionspsalmen* von Hallgrímur Pétursson, beschriftet mit dem Namen Kristbjörg Björgvinsdóttir, der Bildband LA FRANCE sowie *Schwarze Federn* von Davíð Stefánsson. Diesen Gedichtband besaß sie schon sehr lange. Im selben Regal lag auch die Mundharmonika ihres Vaters.

Tómas besaß alle Isländersagas, die Volkssagen von Sigfús Sigfússon, Snorri Sturlusons *Heimskringla* und die Vorzeitsagas. Er hatte diese Bücher immer wieder gelesen, und es bereitete ihm Freude, Siegtrud ganze Sagas nachzuerzählen. Sie genoss das sehr, denn Tómas erzählte gut. Siegtrud hingegen konnte stundenlang in der Bücherei sitzen, den Papiergeruch einatmen und herumstöbern. Am liebsten las sie Bücher über Frankreich. Konnte nicht genug über das Land erfahren.

Dann und wann zeigte sie Tómas ein Foto aus dem französischen Bildband. Sie waren schon längst vergilbt und manche gewellt, weil das Buch feucht geworden war. Tómas war nicht sehr beeindruckt, sagte, das sei auch nicht besser als alles andere, was von den Franzosen komme. Die würden doch immer nur Biskuits und Baguette essen und seien von der Wiege bis ins Grab besoffen.

Siegtrud hätte gern erwidert, dass ein so intelligenter Mann wie er nicht solche Dummheiten von sich geben sollte, wusste aber, dass das nichts ändern würde. Er selbst war zweimal in Norwegen gewesen, um Schiffe für die Reederei zu überführen.

«Es würde dir mehr Spaß machen, dorthin zu fahren, Siegtrud», sagte er munter. «Was für ein Land! Was für Menschen!»

Siegtrud antwortete nicht, denn sie hatte ihn nicht gebeten, mit ihr nach Frankreich zu fahren. Sie hatte ihm nur Bilder gezeigt. Er erwartete jedoch gar keine Antwort, sondern begann, ihr vom Fall König Olafs des Heiligen im Jahr 1030 in Stiklestad zu erzählen. Viel später sollte Siegtrud das Gefühl haben, Tómas hätte als Erster von einer Frankreichreise gesprochen.

Tómas war sicher nicht nach Reykjavík gezogen, um sich mit alten Leuten zu umgeben, und er wollte nichts über Aktivitäten für Senioren hören. Lieber ging er hinunter zum Hafen. Den Jeep hatte er kurz vor dem Umzug verkauft. Sein Lieblingsort war das *Kaffivagninn* am alten Hafen. Dort konnte er stundenlang mit einem Becher Kaffee sitzen, die Schiffe und Boote betrachten und in Erinnerungen schwelgen.

Mit der Zeit wurde er sentimental und war manchmal mitten im Erzählen zu Tränen gerührt. Dann tat Siegtrud so, als bemerke sie es nicht, und stand schnell auf, um Kaffee zu holen. Wenn sie zu ihm zurückkam, hatte er seine Gesichtszüge wieder unter Kontrolle. Sanft legte sie ihm die Hand auf die Schulter, und er lächelte sie an. Das war nicht der Tómas, der sie damals in den Arm genommen hatte, stark und entschlossen. Jener Tómas war nie ins Südland gezogen.

Er ging gern hinunter zum Stadtteich und plagte sich mit den Küstenseeschwalben herum. Die hatten sich nicht verändert, waren angriffslustig wie eh und je. Manchmal fuhren sie mit dem Bus hinaus zur Landspitze, wo Tómas laut mit den Schwalben schimpfte. Und er fand es unmöglich, dass man ihre Eier nicht einsammeln durfte. Wie konnten sich die Reykjavíker nur anmaßen, darüber zu bestimmen, wer was essen durfte? Mit welchem Recht?

Es gab Tage, an denen Tómas stundenlang am Küchentisch saß, Sterbebett-Patiencen legte und mürrisch war. Dies geschah meist bei hartnäckigem Südwestwind. Dann erinnerte er an seine Mutter Ingibjörg Borghildur. Siegtrud hatte geglaubt, ihre Schwiegermutter los zu sein, fand, sie hätte es nicht verdient, mit deren Ebenbild zusammenwohnen zu müssen, und suchte sich Beschäftigungen außer Haus.

5

Als Siegtrud die Kirche betrat, entdeckte sie in einiger Entfernung sofort den breitkrempigen, grünen Hut. Um ungestört singen zu können, nahm sie ganz hinten Platz. Während des Doppelgeläuts setzte sich ein älterer Herr zu ihr in die Bankreihe. Ach, den hätte sie lieber anderswo sitzen sehen, denn sie wusste, dass er noch vor Ende des Präludiums lautstark einschlafen würde. Schnarchen brachte sie immer aus dem Konzept, aber er lächelte ihr freundlich zu, und sie musste einfach zurücklächeln.

Die Messe war schlicht, aber geschmackvoll, und Siegtrud freute sich darüber, wie schön der Pfarrer über den Arbeiter Sigmar Pálsson aus Reykjavík sprach. Seine Frau war schon lange tot, doch ihre Nachkommen, eine ansehnliche Familie, besetzten die ersten Reihen.

Siegtruds Platznachbar schnarchte laut, und sie stieß ihn leicht an, sodass er aufstehen und bei *Gleichwie die eine Blume* mit einstimmen konnte. Der Mann lächelte verlegen und wischte sich Speichel vom Kinn. Anschließend tranken sie gemeinsam Kaffee. Siegtrud erfuhr, dass er Jörundur Jónsson hieß und aus dem Westland stammte. Sie kam hingegen aus dem Nordosten, und er wollte mehr darüber wissen. Sie holte für ihn Pfannkuchen, denn er hatte Probleme mit dem Laufen. Ansonsten war sie nicht sehr gesprächig, äußerte sich nur anerkennend über die Bewirtung, den Gesang und Sigmars vielversprechende Familie. Wie viele Enkelkinder waren es eigentlich inzwischen? Das wusste Jörundur nicht.

«Sie singen sehr gut», sagte er, als Siegtrud aufgestanden war.

Sie lächelte und dankte ihm. Wunderte sich, denn sie dachte, er hätte alles verschlafen.

«Haben Sie es eilig?», fragte er keck.

Ja, sie müsse sich beeilen, die Familie warte zu Hause auf sie. Die Urenkel seien nachmittags oft bei ihr, und die Enkel schneiten auch häufig herein.

«Es ist schön, wenn man sich nützlich machen kann», sagte sie und schaute ihm in die Augen. Sie waren wasserblau mit weißen Ringen um die Pupillen. Er lächelte verständnisvoll und sagte, wer Kinder habe, könne sich glücklich preisen. Ob er sie nach Hause fahren solle? Energisch schüttelte sie den Kopf, sagte, sie wohne ganz in der Nähe. Er fragte, welche Kirche sie am häufigsten besuche. Sie antwortete zögernd, das hänge von verschiedenen Dingen ab. Daraufhin fragte er, ob sie manchmal ins Theater gehe, und sie sagte, sie habe nicht viel Zeit. Zum Abschied gaben sie sich die Hand, und Siegtrud legte sich den Schal um.

Sigmars Familie strömte ins Foyer, ganz durchgefroren vom Friedhof. Niemand bemerkte, wie Siegtrud durch die Tür hinaushuschte.

Zügig ging Siegtrud nach Hause, und die Kälte streifte ihre Wangen. Obwohl der Herbst gerade erst vorbei war, sehnte sie sich bereits nach dem Sommer. Die Frühlingsarbeit im Garten würde mehrere Stunden täglich in Anspruch nehmen, und dann würde sie bis in den Herbst hinein Rasen mähen und Unkraut zupfen. Es gab nicht viele Bäume, aber sie waren schön. Am besten gefiel ihr der Flieder, der im Windschutz des Hauses stand und violett blühte. In den letzten Jahren hatten die Frühlingsstürme ihm trotzdem schwer zugesetzt.

Siegtrud pflanzte nur mehrjährige Gewächse, die Sommerblumen waren zu teuer und auch nicht viel schöner. Letzten Winter hatte sie allerdings einen kleinen Versuch in der Waschküche durchgeführt und Ringelblumen und Petunien ausgesät. Vermutlich hatten die Töpfe zu dunkel gestanden, denn die Pflanzen waren schwächlich, erholten sich jedoch ein wenig, als sie im Sommer nach draußen kamen. An der Hauswand standen ein alter Gartenstuhl und ein grüner runder Tisch. Dies war für sie der behaglichste Platz im Garten.

Im Frühjahr hatte sie bei ihren Spaziergängen immer eine Plastiktüte und eine kleine Schaufel dabei. Und wenn sie eine Pflanze entdeckte, die man getrost herausziehen konnte, tat sie es frühmorgens in aller Eile. In der Stadt gab es viel zu viele Blumen, an die niemand dachte, und es war nur barmherzig, sich um sie zu kümmern.

Siegtrud wurde wegen ihrer fleißigen Gartenarbeit im Haus respektiert. Daher hatte auch niemand etwas gegen ihre Katzen. Nur schade, dass das Grundstück so klein war. Siegtrud spürte ein schmerzhaftes Stechen in der Brust, wenn sie an den Garten in Sólvöllur dachte. In ihrer Erinnerung war er sonnendurchflutet, und die große Traubenkirsche trug jeden Sommer weiße Blüten.

6

Eines Abends konnte Siegtrud Tómas, der vor dem Fernseher eingeschlafen war, nicht mehr wecken. Sie öffnete das Fenster, um seine Seele hinauszulassen, zündete Kerzen an und setzte sich zu ihm. Sie kam nicht auf den Gedanken, ihn aus dem Haus zu bringen, band ihm den Kiefer fest, damit sein Kinn nicht hinabfiel, kämmte ihn und faltete ihm die Hände auf der Brust. Seine Augen waren geschlossen.

Siegtrud wollte etwas Schönes vorlesen und griff nach der Bibel, legte sie aber sofort wieder weg. Dann holte sie das Psalmenbuch und legte es ebenfalls wieder weg.

Tómas hatte sich immer geärgert, wenn sie in die Kirche gegangen war. Die heilige Dreifaltigkeit sei nichts als Unfug, und er könne nicht verstehen, dass erwachsene Menschen solchen Quatsch glaubten. Sprach nicht der Verstand dagegen? Siegtrud wusste nicht mehr, ob sie ihm anfangs darauf geantwortet hatte. Falls dem so war, hatte sie es schnell aufgegeben. Hatte gewusst, dass es nichts bringen würde. Gab eines Tages das Chorsingen auf. Konnte die Sticheleien nicht mehr ertragen.

Sie begann *Gesegnet seist du meine Heimat* und *Ein Zweig auf grünem Wiesengrund* zu singen, dann ein Lied nach dem anderen, leise und mit dünner Stimme. Die alten Lieder, die Tómas gemocht hatte. *Da ist so viel erinnernswert* überstieg ihre Kräfte. Tränen strömten ihre Wangen hinab, und die Strophen kamen stockend.

Das Weinen half ihr, und sie sang weiter. Saß bei ihm, bis der Tag zur Neige ging, sah, wie sich seine Hautfarbe veränderte, betrachtete die vergilbte Hülle, die ihn all die Jahre umgeben hatte. Er selbst war gegangen. Sie war dem Schicksal dankbar, dass sie ihn so lange gehabt hatte, obwohl sie gern seine Hand gehalten hätte, als er den letzten Atemzug tat.

Als sie zum Zeitungsaustragen ging, schaltete sie eine kleine Lampe neben seinem Kopf ein und schloss vorsichtig die Wohnzimmertür, damit die Katzen nicht hineinliefen. Nach dem Austragen kochte sie einen starken Kaffee und rief dann den Hausarzt an.

Tómas wurde in aller Stille beerdigt. Im Südland hatten sie nicht viele Bekannte, und Siegtrud tröstete sich damit, dass alte Freunde und Kollegen Tómas im Norden das letzte Geleit gegeben hätten. Sie stellte sich vor, alle wären in der Kapelle und säßen hinter ihr, sie spürte ihre Wärme, und alles war gleich viel behaglicher.

An diesem Tag entdeckte Siegtrud die Kirche wieder für sich. Sie genoss es, dem Pfarrer zuzuhören, ohne seine Worte verteidigen zu müssen, bat ihn jedoch, nur kurz zu sprechen. Erzählte ihm ganz offen, der Verstorbene habe keine Verbindung zur Kirche gehabt und sie wolle ihn in ihrer letzten gemeinsamen Stunde nicht erzürnen. Der Pfarrer sprach über den tüchtigen Seemann, das Naturkind, Treue und Heimat. Und das machte er gut. Dennoch war Siegtrud um Tómas' willen erleichtert, dass der Pfarrer keine Zeit hatte, nach der Trauerfeier bei ihr in der Kellerwohnung zum Pfannkuchenessen vorbeizukommen. Die Leute aus den beiden oberen Etagen und Bekannte aus der Nachbarschaft kamen zum Kaffee. Die Landsleute aus dem Norden sandten ihr Beileid.

Nun sang Siegtrud wie früher Psalme, und die Bibel lag wieder auf dem Nachttisch. Sie ging zum Gottesdienst, hörte bei einigen Dingen hin und stellte sich bei anderen taub. Beim Abendmahl und wenn die Gemeinde ihre Sünden beichten sollte, achtete sie darauf, mit den Gedanken weit weg zu sein. Das musste sie nicht beherzigen. Hatte sie nicht, solange sie denken konnte, danach gestrebt, ein guter Mensch zu sein? Ihr fiel keine einzige Sünde ein, die sie wissentlich begangen hatte. Sie zögerte einen Augenblick. Nein, nichts, was sie als Sünde bezeichnen würde.

Es begann alles damit, dass Siegtrud die Bäckereiverkäuferin auf ihrem letzten Weg begleitete und kurz darauf den Fischhändler. Dann kam eines zum anderen. Sie besuchte Adventsfeiern und durfte die Psalmenlesungen im Radio auf keinen Fall verpassen. Die kamen so spät, dass sie manchmal schon vorher einnickte. Doch sie entschädigte sich damit, dass sie den ganzen Karfreitag in der Hallgrímskirkja saß. Hatte danach ganz steife Knochen, die sie einfach ignorierte.

Es gab Tage, da hatte sie Tómas gegenüber ein schlechtes Gewissen. Hinterging sie ihren verstorbenen Mann etwa? Oder vertrieb sie sich nur die Zeit, bis sie ihm folgen würde?

Wenn solche Gedanken sie zu sehr bedrängten, nahm sie

den Bus zum Gufunes-Friedhof und setzte sich eine Weile zu ihm. Sie kaufte einen kleinen Klappstuhl, den sie in einer Tasche über der Schulter tragen konnte. Doch wenn es warm und trocken war, setzte sie sich lieber ins Gras.

Tómas Bergsson
Geboren 7. Dezember 1933
Gestorben 12. Oktober 2002
Danke für alles

Siegtrud säuberte die Steinplatte, die aus dem Nordland stammte, achtete jedoch darauf, das Moos nicht anzutasten. Dann plauderte sie mit ihm, während sie das Grab pflegte. Erzählte ihm von den Küstenseeschwalben, vom Wetter und vom Fischfang. Sie hatte zwei Gräber nebeneinander ausgesucht und vertraute darauf, dass die mehrjährigen Pflanzen mit der Zeit von seinem Grab zu ihrem hinüberwachsen würden.

7

Nachdem Tómas gestorben war, wurde Siegtrud von einer Unruhe gepackt, die sie nie zuvor verspürt hatte. Es schien ganz so, als geschehe etwas in ihrem Inneren, eine Anspannung, die im Magen begann, zur Brust hinaufwanderte, sogar bis in die Arme hineinzog und dann zurück zum Magen. Sie wusste nicht, wie sie damit umgehen sollte, dachte, es würde sich legen, doch monatelang änderte sich nichts. Ob sie Abwechslung brauchte? Sollte sie aufhören, das *Fréttablaðið* auszutragen, etwas anderes probieren?

Der Vorteil am Zeitungsaustragen war die Arbeitszeit. Sie konnte sich auch eine private Putzstelle suchen, fürchtete sich jedoch vor der Flut an Fragen, denen sie dann ausgesetzt wäre. Glaubte, ihre linke Hand würde den Arbeitgeber stören. Obwohl sie gern arbeitete. Wenn es etwas im Leben gab, das sie perfekt beherrschte, dann war es Putzen und Aufräumen. Aber einerseits war sie die Hausarbeit leid und andererseits wollte sie lieber draußen sein und sich bewegen.

Sie zog die neuen gemusterten Fäustlinge an und bewarb sich als Austrägerin beim *Morgunblaðið*. Sagte, sie habe Erfahrung und fragte nach Norðurmýri oder Hlíðar, zwei nebeneinanderliegende Viertel. Hielt den rechten Handschuh unauffällig in der linken Hand, während sie mit dem Mädchen redete, das ihren Namen und ihre Adresse aufschrieb. Auf dem Nachhauseweg ging sie schwungvoller.

Es dauerte nicht lange, bis Siegtrud einen Anruf bekam. Sie konnte zum nächsten Monatswechsel anfangen. Da kündigte sie ihre alte Stelle.

Es war schön, um sechs Uhr in die Christmette zu gehen. Die Kirche war voll besetzt, und Siegtrud wurde warm ums Herz. Hier war sie Teil einer großen Gemeinschaft, und sie versuchte, das Gefühl festzuhalten, als sie nach dem Gottesdienst nach Hause ging. Zündete eine Friedenskerze an und stellte sie vor die Haustür. Spähte in die dunkle Nacht, so als erwarte sie, jemanden zu sehen. Ging dann hinein, aß Schneehuhn in Sahnesoße und selbstgemachten Zitronenschaum. Die Mandelgrütze war klumpig, und sie sparte sich die ganze Mandel. Lächelte still und dachte daran, wie wichtig es Tómas gewesen war, die Mandel in der Grütze zu finden.

Sie selbst hatte den Kerzenwettkampf mit in die Ehe gebracht. In Hafnir stand an Heiligabend neben jedem Teller eine kleine Kerze. Sie wurden alle gleichzeitig angezündet und brannten während des Essens. Die Kerze, die als Erste herunterbrannte, hatte gewonnen, und ihr Besitzer bekam das Kerzengeschenk. Jetzt zündete Siegtrud zwei Kerzen gleichzeitig an und ließ sie brennen, während sie aß. Seine erlosch zuerst.

In der Zeit vor dem ersten Weihnachtsfest nach Tómas' Tod fürchtete sie sich vor dem Alleinsein. Sie wusste, dass die Heilsarmee ein Weihnachtsessen veranstaltete, bei dem alle willkommen waren, konnte sich aber nicht entschließen hinzugehen. Als ihre Sorgen wuchsen, begann Cäsar, sich merkwürdig zu verhalten. Ständig strich er um ihre Beine, rieb sich an ihnen und schnurrte, war häufiger drinnen als üblich und schien sogar anders zu miauen. Manchmal starrte er sie an, bettelte aber nicht um Milch, sondern schien auf sich aufmerksam machen zu wollen. Und eines Nachts, als Siegtrud wach im Bett lag, ordneten sich ihre Gedanken. Sie würde Weihnachten zu Hause feiern. Die Familie in der Kellerwohnung musste zusammenhalten.

Der alte Weihnachtsbaum lag in der Abstellkammer. Sie baute ihn wie immer auf dem Tisch in der Wohnzimmerecke auf. Diesmal ging die rote Lichterkette, die so oft gestreikt hatte, sofort an. Die Kugeln kamen eine nach der anderen aus der Kiste zum Vorschein. Für jede einzelne nahm sie sich Zeit, wusste, wo und wann sie sie gekauft hatte.

Die älteste war sehr farbenprächtig. Die hatte sie von ihrer Ziehmutter bekommen, zusammen mit einem silbernen Vogel, der schon längst keine Schwanzfedern mehr hatte. Siegtrud klemmte den Vogel mit zitternder Hand an einen Zweig, erinnerte sich daran, wie Hallfríður ihn und die bunte Kugel aus der Stadt mitgebracht hatte. Sie hob die Kugel hoch, und im selben Moment umgab sie der Geruch der Ziehmutter. Die Kugel war rosa mit einer silbernen Borte. An vier Stellen hatte sie Einbuchtungen, alle in einer anderen Farbe: Gelb, Dunkelrosa, Rot und Blau. Die gelbe Einbuchtung war gesprungen und die Farbe abgebröckelt. Doch sonst war die Kugel wie neu, federleicht in Siegtruds

Handfläche. Wie gern sie sie angeschaut hatte. Die blaue Farbe weckte Erinnerungen an das Velourskleid, die frisch geputzten Schuhe und die bunten Päckchen unter dem schlichten Weihnachtsbaum.

Die Katzen bekamen gekochten Kabeljau und schleckten Milch mit Sahne. Cäsar kniff die Augen zusammen, beobachtete sie und leckte sich das Maul. Dann begann er, sich zu putzen. Das machte er geschickt und sorgfältig, ohne etwas auszulassen. Kleopatra verschlief den ganzen Abend. Keiner beklagte sich. Siegtrud schaute sich den Gottesdienst im Fernsehen an, trank Kaffee, las die Kartengrüße aus dem Nordland, und weihnachtlicher Frieden erfüllte die Kellerwohnung. Siegtrud versuchte, nicht an Tómas zu denken. Verdrängte die Gedanken an ihre vielen gemeinsamen Weihnachten.

Als sie die Gardinen vor dem Schlafzimmerfenster zuzog, fielen dicke Schneeflocken vom Himmel.

8

Hallfríður besaß ein handbetriebenes Grammophon. Es stand in einer Ecke ihres gemeinsamen Zimmers, dunkelbraun, auf vier geschnitzten Füßen. Die Schallplatten lagen im unteren Fach, das mit zwei Türen verschlossen wurde. Aus dem oberen Fach drangen die Töne. An der Seite befand sich eine Kurbel, mit der der Antrieb aufgezogen wurde. Als Siegtrud klein war, durfte sie die Kurbel drehen. Dann lauschte sie verzückt.

Einige Schallplatten waren schon beschädigt, und wenn sie abgespielt wurden, kratzte und knisterte es. Das passte gut zu dem dröhnenden Männerchor bei *Dumpf durchbrach das Dach*, aber nicht zur *Zigeunerweise* und zu dem dramatischen *Nimm meine Sorgen*. Die Nadeln waren winzig klein und wurden in Reykjavík verkauft. Man musste vorsichtig mit ihnen umgehen und auf jede einzelne achtgeben. Die Schallplatten waren aus Glas. Diejenigen, die keine Plattenhüllen mehr besaßen, wurden in die *Tíminn* oder den *Dagur* eingewickelt.

Auf einem Regal über dem Bett stand ein Radio. Sie hörten den Wetterbericht, Nachrichten, Begräbnisankündigungen, Hörspiele am Samstagabend, die Radiogeschichte, die Kinderstunde und das letzte Lied vor den Nachrichten. Siegtrud hoffte, dass es keinen Krieg geben würde, wenn sie sich das Gerede über Atombomben nicht anhörte. Bei den Nachrichten ging sie nach draußen oder stellte sich taub.

Träumte dennoch vom Krieg, schmiegte sich in Hallfríður's Arme und suchte Trost.

In den ersten Jahren bereitete die Seehundflosse ihr keinen Kummer. Siegtrud war anders als die anderen Kinder, aber Hallfríður sagte, sie dürfe sich niemals für ihre linke Hand schämen, müsse sie sogar besonders gern haben. Ragnheiður wünschte sich auch eine Flosse und hielt diese immer, wenn die Mädchen Hand in Hand gingen. Fand sie so weich und warm.

Dennoch verursachte die Flosse allerlei Kopfzerbrechen. Hatte sie vielleicht etwas damit zu tun, dass Siegtrud Französin war? So etwas hatte Hallfríður noch nie gehört. Sie glaubte vielmehr, Siegtruds Mutter hätte einen hübschen jungen Seehund am Strand beobachtet, als sie mit Siegtrud schwanger war. Vielleicht hatte er mit Petrína spielen wollen, und diese hatte unwirsch reagiert; vielleicht hatten sie einander in die Augen geschaut und sich in einer Sprache unterhalten, die nur sie allein beherrschten.

In dem Jahr, als die Mädchen acht Jahre alt wurden, kamen sie in die Internatsschule. Beide konnten bereits lesen, und Siegtrud las ihrer Ziehmutter oft vor, da die nicht mehr gut sehen konnte. Die Mädchen würden zunächst zwei Monate in der Schule bleiben. Darauf sollte Heimunterricht folgen und dann wieder Schule. Die Vorfreude war groß, doch als es so weit war, brach Siegtrud in Tränen aus und wollte sich nicht von Hallfríður trennen.

«Mach mir nicht die Schande, zu Hause zu sitzen», sagte Hallfríður und blinzelte ihr zu. «Du bist doch so tüchtig.» Dann brachte sie Siegtrud zum Überlandbus, der die Kinder abholte. Siegtrud riss sich zusammen, umarmte die Ziehmutter und stolperte in den Wagen. Als der Bus losfuhr, saßen die beiden Mädchen da und hielten sich schluchzend an den Händen.

Von diesem Tag an wusste Siegtrud, dass ihre Hand nicht einzigartig war, sondern schlicht und einfach verkrüppelt. Wusste auch, dass sie sie nicht gern haben oder zufrieden mit ihr sein konnte, wie die Ziehmutter gesagt hatte. Sie konnte von allen Kindern in der Klasse am besten lesen, aber das reichte nicht, denn der Schreibunterricht war ein Albtraum. Siegtrud kam mit dem Federhalter nicht zurecht, die Flosse war im Weg, die Tinte kleckste. Sie blieb hinter den anderen zurück, musste nachsitzen und zwanzigmal *Der Winter ist vergangen, ich seh die Blümlein prangen* schreiben. Ihre Finger waren himmelblau und das Schreibheft voller Kleckse.

Siegtrud gewöhnte sich an, die Hand zur Faust zu ballen und die Arme dicht am Körper zu halten, in der Hoffnung, dass die Flosse dann weniger auffallen würde. Nachts weinte sie sich in den Schlaf und sehnte sich nach Hause zu ihrer Ziehmutter. Sie würde alles lernen, wenn sie nur nicht in der Schule bleiben müsste. Die Jungen waren garstig und die meisten Mädchen nicht viel besser. Ragnheiður war nett zu ihr, nahm aber nie mehr ihre linke Hand.

Einmal in der Woche kam die Pfarrersfrau mit der Liederfibel, setzte sich ans Klavier und leitete die Gesangsstunde. Siegtrud rückte nah zu ihr und starrte auf den Notenständer. Sie spürte ein Prickeln in den Händen, und schon tanzten die schlanken Finger so eifrig über die Tasten, dass Siegtrud vergaß, mitzusingen. Manchmal hielt das wohlige Gefühl noch lange nach der Gesangsstunde an. Dann war Siegtrud in Reykjavík und spielte im Radiosender, während die Ziehmutter zu Hause saß und lauschte. Die Schule war vergessen, hatte nie existiert.

Als Siegtrud zehn Jahre alt war, konnte sie beim Stricken keine Maschen aufnehmen. Mit verschwitzten Händen und steifen Fingern saß sie da und verlor eine Masche nach der anderen. Beim Häkeln war es nicht anders, Sticken ein Albtraum. In ihrer Verzweiflung saß sie den ganzen Sommer neben der Ziehmutter, die es schaffte, ihr tadellos Stricken und Häkeln beizubringen. Ab und an sah sie Kristbjörg im Spiegel auftauchen und zerbrach sich den Kopf darüber, warum sie so ernst aussah. Wo sie doch hübscher war als alle anderen Mädchen in der Schule und bestimmt flink bei den Handarbeiten.

Siegtrud hätte der Ziehmutter gern von den Lehrern erzählt. Ihr erzählt, dass die Lehrer mit ansahen, wie die Kinder sie verspotteten, sie aber nicht davon abhielten. Doch Siegtrud wollte die Ziehmutter nicht betrüben, die doch dachte, alles sei gut. Erzählte ihr lieber, wie leicht ihr die theoretischen Fächer fielen. Und das stimmte tatsächlich. Sie erzählte ihr auch von Skotta, Rósalind und Sína Páls. Skotta scharwenzelte schon am ersten Schultag um Siegtrud herum und bellte die anderen Kinder an. Sie hatte einen gestutzten Schwanz, weil sie in einer Autotür eingeklemmt worden war, und die Kinder lachten über sie, aber

Siegtrud erklärte Hallfríður, Skotta sei ein guter Kamerad, niemandem könne man besser Geheimnisse anvertrauen als ihr, und natürlich Rósalind mit den traurigen Augen, deren Euter, weil es so schwer war, hochgebunden wurde.

Die Ziehmutter kannte die Küchenhilfe Sína Páls. Sie war die einzige Überlebende bei einem Erdrutsch auf einem Hof in Seyðisfjörður im Ostland. Damals war Sína zehn Jahre alt gewesen. Sie hatte nur unter dem Geröll gelegen und sich mit ihrer Familie mit Rufen verständigt, bis einer nach dem anderen verstummt war.

«Sie hat sich nie davon erholt, die Arme», sagte Hallfríður, «ist seitdem ganz durcheinander.»

Bei diesen Worten wurde Siegtrud rot vor Eifer. Sie erzählte, bei Sína in der Küche gebe es Milch und Kekse und sie habe immer Zeit für ein Gespräch, wenn man niedergeschlagen sei. Außerdem fand sie Sína schön. Die Ziehmutter erwiderte nichts, und Siegtrud bekräftigte, sie sei tausendmal schöner als die Lehrer und die Köchin. Und als der Direktor allemal.

9

Wenn Siegtrud den Geschichten der Ziehmutter über ihre Familie lauschte, verspürte sie Freiheit. Aber Hallfríður ließ sich nie dazu bewegen, über Siegtruds Vater zu sprechen. Selbst wenn sie sich vergaß und dieselben Geschichten wieder und wieder erzählte – über den Tagelöhner Ólafur mochte sie nicht reden.

«Mit deiner Mutter, Gott hab sie selig, konnte man gut schweigen», sagte sie, und bekam feuchte Augen. In Gedanken versunken an die damaligen Ereignisse erzählte sie stockend, Petrína habe sich nach dem plötzlichen Tod ihrer Mutter in sich zurückgezogen und monatelang mit niemandem geredet. «Das war in dem Sommer, als deine Mutter konfirmiert wurde», sagte sie. «Sie hat sich wieder gefangen, blieb aber sehr still, die Arme. Eine bessere Magd haben wir auf diesem Hof nie gehabt.»

«Vielleicht hätte sie ja mit mir gesprochen», fiel Siegtrud ihr ins Wort, aber Hallfríður sagte nichts dazu.

«Konnte sie denn nicht mit ihrem Vater sprechen?», fragte Siegtrud.

«Nein, das konnte sie nicht, weil Gott ihn im Winter vor ihrer Geburt zu sich holte.»

«War das Magnús im Kofferfach?», fragte Siegtrud, obwohl sie die Antwort kannte.

«Das war Magnús, der Franzose», sagte Hallfríður und starrte weiter vor sich hin. Dann folgten die Geschichten von den französischen Seemännern und ihren Segelbooten. Siegtrud kannte sie, hörte aber dennoch zu. Magnús war in den Bergen bei einem Unwetter mitten im Winter des Jahres 1916 umgekommen. Ihre Großmutter Kristbjörg hatte überlebt, eingegraben im Schnee und schwanger mit Petrína.

«Wohin wollten sie?», fragte Siegtrud. Das war Teil des Spiels. Hallfríður wusste es nicht, vermutete aber, dass sie zur Halbinsel Melrakkaslétta wollten, um sich eine neue Anstellung zu suchen. Trotz der ungünstigen Jahreszeit.

«Deine Großmutter kam aus Vopnafjörður und war bekannt für ihren Fleiß. Sie hatte deine Mutter immer bei sich und war eine begehrte Arbeitskraft.» An der Stelle verstummte sie und fügte nach einer Weile hinzu: «Und es hieß, sie hätte keinen Mann mehr angeschaut, nachdem Magnús, der Franzose, gestorben war.»

«Vielleicht waren meine Großeltern auf dem Weg nach Frankreich», sagte Siegtrud jedes Mal an dieser Stelle. Hallfríður schüttelte den Kopf.

Wenn Siegtrud mehr über ihren Großvater und dessen Familie in Frankreich wissen wollte, setzte Hallfríður eine geheimnisvolle Miene auf. Sie sprach nie über Paris, erwähnte jedoch die Bretagne, die Ostfjorde, französische Schoner und sang leise eine Melodie, von der sie behauptete, sie sei französisch. Siegtrud wurde aus diesem Teil ihrer Familiengeschichte nicht schlau. Sobald die Ziehmutter eingeschlafen war, kroch sie in den Koffer, kletterte geradewegs auf den Eiffelturm und blickte über Paris.

Die Sonne scheint, und helle Sommerkleider flattern in der Brise. Seine und Rhone haben Siegtrud in ihre Mitte genommen. Sie sind auf dem Weg von der Schule nach Hause.

Siegtrud ist das einzige rothaarige Kind in der Klasse. Wenn die Sonne scheint, sagen die anderen Kinder, sie habe Goldhaar. Im Frühling malen sich die Mädchen Sommersprossen ins Gesicht, damit sie ihr ähneln.

Siegtrud ist mit den Fäustlingen mit dem Blattrosenmuster fertig. Die Lehrerin sagt, sie stricke hervorragend, ist aber nicht ganz zufrieden mit Rhones Arbeitsweise. Dennoch tadelt sie sie nicht, streicht ihr nur nachdenklich über den Kopf.

Petrína wartet im Park des Palais du Luxembourg auf die Mädchen. Sie bewundert die Fäustlinge und schlägt vor, sie der Ziehmutter zu schenken, weil die immer so kalte Hände hat. Siegtrud findet die Idee gut und beschließt, der Ziehmutter Socken mit doppeltem Rosenmuster zu stricken. Sie nimmt die Maschen wieder auf, die Rhone fallen lassen hat, und strickt eine oder zwei Reihen, um ihr Mut zu machen. Unterdessen pflückt Seine einen Blumenstrauß und schmückt den Tisch. Siegtrud stürmt aus dem Park durch die offene Tür ins Wohnzimmer, setzt sich ans Klavier der Pfarrersfrau und spielt «Leise zieht durch mein Gemüt». Sie genießt es, die Tasten mit den Fingern zu liebkosen, doch da ruft Rhone und hat schon wieder eine Masche verloren.

Dann kommt Petrína mit Limonade und frisch gebackenen Weihnachtsplätzchen, und das mitten im Sommer. Sie trägt ihre neue Schürze und fordert die Mädchen lächelnd auf zuzugreifen. Siegtrud schließt die Augen, und die Plätzchen zerschmelzen auf ihrer Zunge. Mit reiner Butter gebacken.

10

Im Bibelunterricht stellte sich heraus, dass Judas Iskariot rothaarig gewesen war. Das war Pech. Siegtrud, das einzige rothaarige Kind in der Schule, wurde von ihren Mitschülern noch mehr gehänselt. Nun schien klar zu sein, dass Judas' Sünden auch ihre Sünden waren.

Die Köchin behauptete, rothaarige Jungen seien als Köder an holländische Schiffe verkauft worden und manchmal verschwinde immer noch der eine oder andere Junge.

«Hab keine Angst. Mädchen gucken die gar nicht an», sagte sie und rührte energisch im Grützetopf herum. Siegtrud antwortete nicht. Ihr Hals war wie zugeschnürt. Dann ging sie ins Bad und erbrach sich.

Siegtrud gewöhnte sich an, möglichst unauffällig zu sein, und sprach so leise, dass die Lehrer sie ständig ermahnen mussten, lauter zu sprechen. Zudem brachte sie in der Gesangstunde keinen Ton mehr heraus, obwohl sie zu Hause in Hafnir jeden Tag sang.

Einer der Jungen behauptete, sie habe eine Seehundflosse, weil ihre Mutter während der Schwangerschaft Seehundkopf gegessen habe. Ein anderer widersprach und sagte, dann müsse Siegtrud einen Seehundkopf haben. Ein dritter sagte, sie hätte doch einen Seehundkopf, und alle Kinder lachten. Siegtrud massierte die Flosse und versuchte zu lächeln, dachte, das würde es besser machen, aber das Lächeln wurde zur Grimasse.

Jemand hatte gehört, in heidnischen Zeiten seien Kinder mit Seehundflossen ausgesetzt worden. Auf jeden Fall in Norwegen und bestimmt auch in Island. Das beschäftigte Siegtrud so sehr, dass sie in den darauffolgenden Nächten nicht schlafen konnte, ständig aufschreckte und glaubte, das Weinen ausgesetzter Kinder zu hören.

Auch ihre zahlreichen Sommersprossen waren auffallend. Wenn die Sonne höher stieg, kamen sie zum Vorschein. Vilborg, die Bäuerin von Neðstabær, behauptete, Siegtrud habe so viele Sommersprossen, weil ihre Mutter während der Schwangerschaft gesprenkelte Schneehuhneier gegessen habe.

«Hat deine Mutter eigentlich die ganze Zeit Fisch gegessen, als sie mit dir schwanger war?», entgegnete Ragnheiður scharfsinnig.

«Was meinst du damit?», sagte Vilborg.

«Davon wird man nämlich dumm!», rief Ragnheiður spöttisch.

Vilborg errötete bis zu den Haarwurzeln, die Kinder lachten schallend. Vilborg machte ein überraschtes und hilfloses Gesicht. Siegtrud dachte, sie würde klein beigeben, doch da stürzte sie sich wie ein Tier auf Ragnheiður und gab ihr eine schallende Ohrfeige. Ein breiter Blutstriemen rann dem Mädchen aus der Nase und über den Mund, bis er ihre helle Bluse erreichte, wo er sich ausbreitete, an eine rote Rose erinnernd. Siegtrud starrte die Rose an, und vor ihren Augen drehte sich alles. Ragnheiður lief heulend ins Haus, aber Siegtrud konnte sich nicht rühren. Sie kniff die Augen zu, in dem Glauben, sterben zu müssen, wenn sie sie wieder öffnete. Von da an versuchte Ragnheiður nicht mehr, sie zu verteidigen.

Jedes Mal, wenn Siegtrud zur Internatsschule fuhr, flossen Tränen. Sie sehnte sich danach, bei dem einzigen Menschen zu sein, dem sie etwas bedeutete. Im Frühjahr nach ihrer Konfirmation ging sie mit Bestnoten in den theoretischen Fächern von der Schule ab. Sie glühte vor Stolz, als sie Hallfríður ihr Zeugnis zeigte.

Trotzdem konnte Siegtrud nichts vergessen, spürte, wie der Schmerz in ihrer Brust brannte. Sie ging, ohne sich von irgendjemandem zu verabschieden. Nur die alte Sína Páls umarmte Siegtrud in der Küche und dankte ihr für alles. Rósalind war vor zwei Jahren geschlachtet worden, und Skotta war im Frühjahr vor ein Auto gelaufen.

Im Herbst starb Hallfríður. Am selben Abend fiel der Spiegel vom Nagel und zerbrach. Siegtrud sammelte die Scherben auf und setzte sie zusammen. Doch wie angestrengt sie auch hineinstarrte – Kristbjörg war verschwunden.

Als die Trauer Siegtrud zu erdrücken drohte, erinnerte sie sich daran, welches Glück sie gehabt hatte. Was wäre aus ihr geworden, wenn die Ziehmutter sie als Säugling nicht zu sich genommen hätte? Sie dachte darüber nach, Kontakt zu ihrem Vater aufzunehmen. Er wusste von ihr, dafür hatte der Landrat gesorgt. Aber sie hatte nie etwas von ihm gehört. Vielleicht hatten ihm die Behörden mitgeteilt, er habe eine verkrüppelte Tochter im Nordland. Ihr Vater wusste bestimmt nichts von den theoretischen Fächern. Wusste nur, dass sie eine Seehundflosse hatte. Vielleicht war er verheiratet und hatte Kinder, die laut lachen würden, wenn sie ihre Hand sähen.

Siegtrud hatte Margrét natürlich nach ihrem Vater gefragt. Die erinnerte sich, dass er gutmütig und freundlich gewesen sei und dass sie selten einen tüchtigeren Tagelöhner gehabt hätten. Zudem habe er Ziehharmonika und Mundharmonika gespielt und laut gesungen, meist für ihre Mutter. Die beiden seien ein außergewöhnlich hübsches Paar gewesen. Er rothaarig und blauäugig, sie mit dunklen Augen und dicken braunen Zöpfen, die bis zur Taille reichten. Margrét sagte, Siegtrud ähnele ihrem Vater und habe die Tüchtigkeit beider Eltern geerbt.

Als Siegtrud fragte, warum die beiden nicht geheiratet hätten, verschwand das Lächeln von Margréts Gesicht. Nach kurzem Zögern sagte sie, sie glaube, Siegtruds Vater habe mit vielen Frauen angebandelt und ihre Mutter sei zu leichtsinnig gewesen. Dann fügte sie hinzu, ihr seien Neuigkeiten über ihn zu Ohren gekommen. Die Leute würden von Trunksucht und Torheiten reden. Ob sie nicht ohne ihn auskommen könne? Und sie solle auf keinen Fall nach Reykjavík gehen.

Im darauffolgenden Sommer schrieb Siegtrud an ihren Vater. Zuerst machte sie einen Entwurf und gab sich dann große Mühe, alles ins Reine zu schreiben. Ihre linke Hand erwähnte sie nicht, erzählte ihm aber von ihrem bisherigen Leben. Sie schrieb, sie arbeite als Magd auf dem Land, sei aber gut in der Schule gewesen, vor allem in den theoretischen Fächern. Die Kinder und die Hänseleien erwähnte sie mit keinem Wort, schrieb jedoch, Margrét in Hafnir sei der Meinung, sie ähnele ihm. Sie fragte, ob sie Geschwister hätte, schrieb, sie würde gern ein Bild von ihnen sehen und auch von ihm. Von sich selbst hätte sie kein Bild, könne aber eines beschaffen, wenn er wollte.

Siegtrud wusste, wo ihr Vater wohnte, hatte ihn schon viele Male im Telefonbuch nachgeschlagen. Seine Telefonnummer war 99, aber sie kam nie auf die Idee, ihn anzurufen. Hätte um Erlaubnis fragen müssen, ein Ferngespräch anmelden zu dürfen, und die Gesprächseinheiten waren teuer. Im Bezirk hingen alle in der Leitung und hörten zu. Sie hätte kein einziges Wort herausgebracht.

Mit der Beschriftung des Umschlags gab sie sich besondere Mühe: Herrn Ólafur Jónsson, Seemann, Unnarstígur 44, Sandgerði. Der Umschlag war groß und schneeweiß. Auf die Rückseite schrieb sie Siegtrud Kristbjörg Ólafsdóttir, Hafnir, Tjörnes, Nördlicher Þingeyjar-Bezirk. Dann schickte sie den Brief ab, und das ungeduldige Warten auf Antwort begann.

11

Siegtrud sprang gegen zehn Uhr aus dem Bett. Wenn sich das schöne Wetter halten würde, würde sie Guðmundur Ágústsson um ein Uhr in der Grafarvogskirkja Lebewohl sagen. Andernfalls konnte sie auch um drei in der Háteigskirkja vorbeischauen. Die Beerdigung von Jófríður Skúladóttir klang eigentlich noch viel besser. Ihr Lieblingsenkel schrieb originell über sie im *Morgunblaðið*, und dann war da noch ein langer Nachruf von einer Cousine aus Siglufjörður.

Siegtrud war überrascht gewesen, dass man so viel in Reykjavík erleben konnte. Manchmal mischte sie sich unter die Gäste einer Vernissage und schlenderte so selbstverständlich umher, dass niemand nach ihrer Einladungskarte fragte. Interessiert betrachtete sie die Kunstwerke und nahm ein Glas Champagner entgegen. Bei diesen Ausflügen trug sie immer den französischen Schal um die Schultern. Sie besuchte Lesungen und Fotoausstellungen und fehlte nicht, wenn irgendwo bei freiem Eintritt gesungen wurde.

Tómas hatte keine Zeitung mehr abonniert, nachdem die Herausgabe der *Tíminn* eingestellt worden war. Seit Siegtrud das *Morgunblaðið* austrug, bekam sie es umsonst. Und das kostenlose *Fréttablaðið* wurde durch den Briefschlitz gesteckt. Jeden Morgen blätterte sie die Zeitungen durch und plante, wie sie den Tag verbringen wollte.

Manchmal wurde viel angeboten. Dann setzte sie sich hin und schrieb eine Prioritätenliste, nahm an Demonstrationen gegen Umweltzerstörung oder Kriege teil. Anschließend holte sie sich in irgendeiner Bank einen kostenlosen Kaffee und wärmte sich ein wenig auf. Montags und mittwochs waren Museumstage, denn dann musste man meist keinen Eintritt bezahlen. Die Kulturnacht und das Winterfestival mochte sie am liebsten.

Als Kind hatte Siegtrud Schwimmunterricht gehabt, war während des Schwimmkurses dreimal täglich in einen kalten See gesprungen und hatte zwischendurch laufen müssen, um sich warm zu halten. Sie war wasserscheu und hatte nie richtig schwimmen gelernt. Jetzt meldete sie sich zu einem Schwimmkurs an. Vom ersten Tag an bereute sie es. Die Angst vor Wasser saß wesentlich tiefer, als sie geglaubt hatte, und im Schwimmbad fühlte sie sich ausgeliefert. Die Flosse störte, Siegtrud konnte sie schlecht verbergen und hätte sie am liebsten in den Badeanzug gestopft. Auch zu den Leuten im heißen Pool fand sie keinen Zugang, wie sie gehofft hatte, war allein und gedankenversunken und ging schnell wieder hinaus.

Eine Busfahrt ins Blaue hinein machte ihr mehr Spaß. Manchmal nahm sie irgendeinen Bus in einen Vorort, stieg aus und marschierte energisch los. Dort begegnete sie Menschen, die gern plauderten. Das konnte unterhaltsam sein, aber manche waren auch absonderlich, und wenn sie wissen wollten, wo Siegtrud wohnte, machte sie sich schnell auf und davon.

Zweimal wurde sie von Frauen auf dem Nachhauseweg begleitet und fühlte sich verpflichtet, sie zu sich einzuladen. Die eine stellte sich nicht einmal vor, stand die ganze Zeit im

Bad und wusch sich die Hände. Dann ging sie, ohne sich zu verabschieden oder einen Kaffee getrunken zu haben. Die andere hieß Geirlaug, stammte aus Stokkseyri und gewöhnte sich an, Siegtrud im Norðurmýri-Viertel zu besuchen. Sie hatte chronischen Husten und starb kurze Zeit später. Siegtrud geleitete sie auf ihrem letzten Weg. Als Geirlaug nicht mehr da war, vermisste Siegtrud ihr zaghaftes Klopfen an der Tür und ihr ständiges Räuspern.

Siegtrud musste kein Mittag- oder Abendessen vorbereiten, war frei und genoss ihr Dasein. Musste keinen frischen Kabeljau besorgen, weil Schellfisch so schwer verdaulich war, musste Quark nicht mit Hafergrütze vermischen, obwohl sie Quark lieber mochte. Sie aß, wenn sie Appetit hatte, trank hier und dort einen Kaffee. War nie hungrig.

Wenn dieses Freiheitsgefühl sie durchströmte, waren die Gewissensbisse nicht weit. Natürlich hatte sie Tómas gerngehabt. Er war rechtschaffen und zuverlässig, wusste, was für sie beide am besten war, und regelte alles einwandfrei. Als sie ins Südland zogen, schlug er vor, dass sie heiraten sollten. Das war immer aufgeschoben worden, und nun versuchte sie, es ihm auszureden. Fand, dass es keine Rolle mehr spielte. Doch Tómas bestimmte, und sie gingen zum Landrat in Skógarhlíð. Es war mitten in der Woche. Die Zeremonie war schlicht, aber herzlich. Anschließend wäre sie gern ins Aussichtsrestaurant *Perla* gegangen, aber sie aßen Torte im *Kaffivagninn* am alten Hafen.

Als Jófríður Skúladóttir verabschiedet wurde, stimmte Siegtrud lauthals mit ein. In Anbetracht des Fotos auf dem Liedblatt und der Worte des Pfarrers war sie eine äußerst sympathische Frau gewesen. Siegtrud saß neben Anna Ögmundsdóttir, einer blassen Frau aus dem Grafarvogur-Viertel, nickte Jörundur Jónsson zu und war sich des breitkrempigen, grünen Huts weiter hinten in der Kirche zwar bewusst, ließ sich aber nicht von ihm stören. Wie üblich hörte sie nur wenige singen. Wozu die Liedblätter, wenn niemand mit einstimmte? Sollte der Verstorbene nicht mit Gesang verabschiedet werden?

Anfangs hatte Siegtrud gedacht, die Leute würden das betreffende Lied an jenem Tag nicht kennen. Vielleicht schämten sie sich, weil man ihr falsches Singen hören könnte. Doch später fand Siegtrud das sich wiederholende Verhalten der Kirchengäste unerklärlich. Verkrampft starrten sie auf ihre Blätter und stimmten noch nicht einmal bei *Gleichwie die eine Blume* mit ein.

Siegtrud ließ sich davon nicht unterkriegen und sang aus vollem Hals. Doch die Seitenblicke, die man ihr zuwarf, waren unangenehm, und sie hatte das Gefühl, ihren nächsten Nachbarn das Lied zu verderben. Einmal hatte sich eine Frau sogar weggesetzt, als Siegtrud anhob zu singen.

Als Jófríður hinausgetragen wurde, erklang ein Adagio in g-Moll. Der Sarg war in rot und weiß gehalten. Siegtrud fand Erdtöne am schönsten. Am schlimmsten waren blaue Rosen. Bei denen lief Siegtrud ein kalter Schauer über den Rücken. Einer der Sargträger war ein hübscher junger Mann. Jófríðurs Lieblingsenkel, dachte Siegtrud, und ihr wurde warm ums Herz.

Beim Trauermahl setzte sie sich an einen Tisch, der weit

von dem grünen Hut entfernt war. Die Speisen waren tadellos, obwohl weniger Süßspeisen es auch getan hätten. Aber die meisten bevorzugten Süßes vor Mayonnaise. Der Kaffee war wie Wasser, dennoch trank sie drei Tassen. In der Tür stieß sie auf die Sargträger und lächelte dem Lieblingsenkel beim Hinausgehen zu.

12

Siegtrud stieg am Busbahnhof Hlemmur in den halb leeren Bus mit einer Anzeige in der Tasche: Hausbesichtigung in Skeiðarvogur 74. Pálina und Hannes begrüßen Interessenten von 14–16 Uhr.

Das Reihenhaus war geräumig, drei Etagen, in geschmackvollen Farben gestrichen. Die Hausherrin begrüßte die Leute, der Hausherr stand etwas abseits und sah so aus, als hätte er sich nicht ganz unter Kontrolle. Etwas an seinem Gesichtsausdruck gab zu erkennen, dass verkauft werden musste, obwohl nicht alle damit einverstanden waren.

In der Küche sah Siegtrud eine Pyramide-Patience liegen, die mittendrin abgebrochen worden war. Diese Spielvariante kannte sie, seit sie ein kleines Kind war. Automatisch setzte sie sich an den Tisch und begann, Karten anzulegen, doch plötzlich stand der Hausherr mit einem schüchternen Lächeln neben ihr. Als sie fragte, ob er und seine Frau manchmal Karten spielen würden, bejahte er, reckte sich nach der Herz Acht, sie nach der Neun, und auf diese Weise legten sie gemeinsam die Patience, ohne viel zu reden.

Siegtrud musste an Tómas denken, wie sie abends in der Küchenecke beim Kartenspiel gesessen hatten. Canasta, Rommé und Mau-Mau gespielt hatten, meistens jedoch Zweierpatiencen. Wenn er Pech hatte, warf er schon einmal mit den Karten nach ihr, manchmal verfinsterte sich sein

Gesicht gefährlich. Dann ging sie ins Bad und blieb lange dort. Wenn sie zurückkam, war er gleich viel besser gelaunt und hatte auf dem Tisch Ordnung geschaffen. Dann spielten sie weiter.

Siegtrud schreckte aus ihren Gedanken hoch, als die Hausherrin plötzlich in der Türöffnung stand und ihren Mann scharf ansah. Er lächelte entschuldigend, während sie ihn aus der Küche scheuchte, und Siegtrud schob die Karten zusammen. Am liebsten wäre sie in der warmen Küche sitzen geblieben und hätte eine Uhr-Patience gelegt, hielt sich jedoch zurück und legte den Kartenstapel an eine Ecke des Tisches.

Zu Wohnungsbesichtigungen kamen viele Leute, es wurde Kaffee und manchmal auch Kekse angeboten. Einmal hatte es in einer Dachgeschosswohnung im Hlíðar-Viertel Pfannkuchen gegeben, und der Duft war den potenziellen Käufern auf dem Treppenabsatz entgegengeschlagen. Die Wohnung war sehr gemütlich gewesen, und Siegtrud hatte sich sofort wohlgefühlt, als sie durch die Tür getreten war.

Viele Wohnungen waren behaglich eingerichtet, und Siegtrud erhielt viele Anregungen. Nach einer Besichtigung hatte sie das Bild des Bergs Herðubreið im Wohnzimmer umgehängt und nach einer anderen die Küchengardinen ausgetauscht. Manchmal waren die Wohnungen leer, aber dann blieb sie nicht lange. Fand das ziemlich ungemütlich, außerdem hallte es zu stark.

Die Immobilienmakler waren oft anwesend und hoben schon die Augenbrauen, wenn sie Siegtrud sahen, aber sie lächelte nur und grüßte in alle Richtungen, während sie an ihnen vorbeieilte. Dann schaute sie sich alles interessiert an, einen Zollstock in der Tasche, maß die eine oder andere Wand aus, überlegte und notierte die Maße.

Manchmal war alles blitzsauber, aber es kam auch vor, dass die Badezimmer dreckig waren. Dann war um die Toilette herum nicht gründlich genug geputzt worden. Siegtrud wusste, dass manch ein Mann dazu neigte, die Schüssel nicht zu treffen, und nichts war schwieriger, als Flecken wegzuwischen, die bereits eingetrocknet waren. Deshalb hatte sie ihr kleines Bad besonders gründlich gereinigt, als Tómas noch lebte. Sie hatte ihm nie Vorhaltungen gemacht und täglich um die Toilette herum gewischt. Manchmal mehrmals am Tag.

Von einer Wohnung, die Siegtrud besuchte, hatte man Aussicht auf den Gufunes-Friedhof. Augenblicklich wurde sie von dem unwiderstehlichen Verlangen gepackt, in Tómas Nähe zu sein und morgens und abends zu ihm hinüberzuschauen. Lange stand sie am Fenster und versuchte, das Grab auszumachen. Aber es war zu weit entfernt, alles verschwamm im Nebel.

Dann kam sie wieder zu sich, schaute sich um und lächelte. Die Wohnung war dreimal so groß wie ihre Kellerwohnung. Sie hatte keine Eile. Eines Tages würde sie schon nach Gufunes kommen.

13

Matthías, der im obersten Stock wohnte, war Mitarbeiter beim Lexikographischen Institut der Universität. Eines Abends klopfte er an Siegtruds Tür und fragte, ob er hineinkommen dürfe. Als sie ihm am Küchentisch eine Tasse Kaffee einschenkte, erzählte er zögernd, seine Frau Arnbjörg und er seien von Kälte und Dunkelheit so geplagt, dass sie eine zweiwöchige Reise nach Madeira gebucht hätten. Arnbjörg habe sich bei der Bank freigenommen, und er selbst habe noch eine ganze Menge Urlaub. Die Frage sei, ob Siegtrud unterdessen die Blumen gießen und nach der Wohnung schauen könne. Er wisse, dass sie nie weit weg fuhr und eine ehrliche, zuverlässige Person sei. Und dann flogen Matthías und Arnbjörg in die Sonne. An jenem Tag war es ungewöhnlich kalt in der Stadt und gewitterte.

Siegtrud konnte sich, seit sie Zeitungen austrug, an keine derartige Kälteperiode erinnern. Sie erwachte früher als sonst, zog sich warm an und ging langsam, damit sie nicht hinfiel. Die Zeitung musste spätestens um sieben Uhr bei den Lesern sein. An vielen Stellen war es spiegelglatt, und in der ganzen Stadt brachen sich die Leute die Knochen. Ganz zu schweigen von den Auffahrunfällen, die jeden Tag passierten, am häufigsten jedoch freitags. Dann hatten sich Müdigkeit und Stress der gesamten Woche angestaut, und alles ging drunter und drüber.

Die Pflanzen sahen schlimm aus. Die kleineren nahm

Siegtrud mit zu sich nach unten, um sich besser um sie kümmern und mit ihnen sprechen zu können. Diejenigen, die zurückbleiben mussten, versuchte sie nach besten Kräften aufzupäppeln. Sie düngte sie, pflückte verwelkte Blüten ab, sang und stellte die Pflanzen um, damit sie das wenige Licht dieser Jahreszeit abbekamen. Von einigen schnitt sie Triebe ab und pflanzte sie bei sich ein. Sie wusste, dass das dem alten Aberglauben nach nicht als Diebstahl galt. Dieser besagte, dass es für die Pflanze das Todesurteil bedeutete, wenn man um einen Ableger bat.

Als Siegtrud das erste Mal oben war, fiel ihr sofort die Landkarte auf. Sie hing im Flur und war von Frankreich. Matthías hatte jahrelang im Ausland gelebt und verglich oft Preise und Klima, wenn er im Garten oder auf dem Bürgersteig mit Siegtrud plauderte. Meistens schnitt Island bei diesen Vergleichen schlecht ab, an Gegenteiliges konnte sie sich nicht erinnern. Doch nun fiel ihr auf, dass sie ihn nie danach gefragt hatte, wo er eigentlich gelebt hatte, und er auch nie darüber gesprochen hatte. Ob es Frankreich war? Sonst würde diese große Karte bestimmt nicht an der Wand hängen. Die Erinnerung an die alte Landkarte in der Internatsschule schoss ihr durch den Kopf, und ihr wurde schwer ums Herz. Sie verdrängte die Gedanken an die Schule und betrachtete Paris, ziemlich weit oben, etwas rechts von der Mitte.

Sie kramte das Französischbuch wieder aus der Kiste in der Abstellkammer. Siegtrud hatte es sich vor langer Zeit in Akureyri kaufen lassen, es von vorne bis hinten durchgelesen, Aufsätze geschrieben und Verbformen gelernt. Da waren ja ihre Freundinnen, die unregelmäßigen Verben: *aller*, *dormir*, *croire* und all die anderen. Sie lächelte still und konnte immer noch bis hundert zählen. Nach dieser erfreulichen Entdeckung beschloss sie, ein wenig zu wiederholen. Ob sie noch Aufsätze schreiben konnte?

Siegtrud hatte sich immer die Französischlektionen im Fernsehen angesehen. Tómas hatte mitgeschaut, nie versucht, ein Wort zu sagen, aber ihren Fleiß gelobt.

Jedes Mal, wenn sie die Blumen goss, nahm sie sich Zeit, bei der Karte zu verweilen. Als sie wieder einmal zurück in ihre Wohnung kam, ging sie zum Schrank und holte den Schal heraus. Sorgfältig kontrollierte sie ihn, nähte zwei Fäden an, die sich gelöst hatten, steckte ihn mit einer großen Hutnadel zusammen und hängte ihn auf einen Kleiderbügel ins Wohnzimmer. Dies belebte das Zimmer, als sei ihr Heim plötzlich französischer geworden.

Der alte Koffer war in der Abstellkammer, mitsamt dem Grammophon ihrer Ziehmutter. Tómas hatte sich geweigert, es in der Wohnung aufzustellen, als sie ins Südland zogen. Er wollte das Grammophon wegschmeißen, aber Siegtrud protestierte. Vor vielen Jahren schon hatte er eine Stereoanlage gekauft und kurz vor seinem Tod einen CD-Player. Beides stand im Wohnzimmer.

Jetzt holte Siegtrud den Koffer hervor, wischte ihn ab und stellte ihn an die Wand neben den Schal. So sah es gut aus. Das hätte sie schon längst tun sollen. Sie lächelte, klappte den Koffer auf und beugte sich über ihn.

Sie übt auf dem Klavier der Pfarrersfrau, die ihr Talent entdeckt hat. Bereits in sehr jungen Jahren muss sie ins Südland fahren, denn niemand im Nordosten kann sie weiter fördern. Kurze Zeit bleibt sie in Reykjavík, zieht dann jedoch in die Welt hinaus und studiert viele Jahre, darauf folgen Tourneen auf allen Kontinenten. In regelmäßigen Abständen werden ihre Aufnahmen im Staatsradio gesendet. Die längste Zeit wohnt sie in Paris und New York, doch Island zieht sie beharrlich an. Der Junge will auch nicht so lange Zeit im Ausland leben, möchte immer nach Hause.

Jeden Sommer fliegen sie ins Nordland, fahren zur Halbinsel Melrakkaslétta und beobachten die tanzende Sonne. Nehmen die Mundharmonika mit und spielen für die Seehunde. Jedes Mal gehen sie zum Friedhof, finden jedoch nie das, wonach sie suchen.

Als Nächstes holte Siegtrud das Grammophon und stellte es in die Wohnzimmerecke neben Tómas' Stereoanlage, zog die Schallplatten aus einer Kiste und sortierte sie ein. Sie waren schwer und zerkratzt, zwei waren zerbrochen. Die Nadeln entdeckte sie in einer Streichholzschachtel. Sie drehte die Kurbel, und *König Sverrir* kreiste auf dem violetten Plattenteller.

Dann schaute sie sich kritisch um. Das rote Plüschsofa würde noch lange halten, ebenso wie das vergoldete Rauchtischchen und der tiefe Sessel, die Esstischmöbel und der Kronleuchter. Die Möbel ihrer Schwiegermutter. Aber warum standen sie in ihrem Wohnzimmer?

Ein paar Tage später setzte sie eine Kleinanzeige in die

Zeitung *DV*. Ein junges Paar, gerade zusammengezogen, war hocherfreut, so altmodische Möbel zu bekommen. Sie kamen mit einem Transporter und trugen alles in Windeseile hinaus. Wollten keinen gezuckerten Kaffee, sagten, sie würden nie Kaffee trinken, waren jedoch äußerst dankbar, fast verlegen. Fanden es merkwürdig, dass sie keine Bezahlung wollte.

Siegtrud versicherte, sie würden ihr einen großen Gefallen tun. Als sie losfuhren, stand sie in der Türöffnung und winkte. Winkte, bis sie Ingibjörg Borghildurs Möbel um die Ecke verschwinden sah.

Dann staubsaugte sie, zog das Grammophon auf, ließ *Dumpf durchbrach das Dach* laufen, wischte Staub und öffnete alle Fenster. Kochte einen starken Kaffee und bekam Lust, durchs halb leere Wohnzimmer zu tanzen.

14

Erwartungsvoll eilte Siegtrud die Treppe hinauf und blieb vor der Frankreichkarte stehen. Vor dem Blumengießen betrachtete sie jedes Mal die verschiedenen Départements. Heute war Paris an der Reihe. Die Stadt sah aus wie eine riesige Spinne im Netz, mit Armen, die sich bis zum Ärmelkanal und nach Süden zum Mittelmeer streckten.

Siegtrud nahm eine gewisse innere Veränderung an sich wahr. Es öffneten sich Pforten, und atemlos traf sie alte Bekannte. Auf Matthías' französischem Sofa schloss sie die Augen und ging mit ihren imaginären Verwandten auf die Reise. Jede Reise begann auf dem Eiffelturm, wo sie über die Stadt blickten. Siegtrud saß mit geschlossenen Augen da und wagte es nicht, sie wieder aufzuschlagen.

Seit der alte Koffer in ihrem kleinen Wohnzimmer in der Kellerwohnung stand, hatte sie häufig das Gefühl, nicht mehr allein zu sein. Das machte ihr keine Angst, sondern vielmehr Freude. Was auch immer dort war, es handelte sich um einen Teil von ihr. Vielleicht die Verwandten, nach denen sie sich so lange gesehnt hatte.

Tómas hatte Leder ungemütlich gefunden, doch nun kaufte Siegtrud ein kleines Ledersofa fürs Wohnzimmer. Kurz darauf kamen zwei weiße Stühle hinzu, einer mit einem großen Hocker für die Füße. Und eine Stehlampe, die neben dem Stuhl mit dem Fußhocker stand. Dort saß sie und las. All dies bekam sie im Ausverkauf. Sie brauchte noch einen guten Couchtisch, wollte jedoch mit den Esstischmöbeln warten. Ob der Küchentisch reichte? Sie hätte sich gerne in der Stadtbibliothek ein hübsches Gemälde ausgeliehen und an die Wand über das neue Sofa gehängt. Ständig schaute sie sich Gemälde an und versuchte, das richtige zu finden.

Siegtrud ließ den Koffer offen stehen und behielt ihn im Auge, in der Hoffnung, mehr herauszufinden. Vielleicht wollte sich jemand auf ihre neuen Stühle setzen. Einmal klapperte das Küchenfenster mitten in einer stürmischen Nacht, und als sie aufstand, um es zu schließen, schaltete sie nicht wie sonst das Licht ein. Da meinte sie, im Flur einen Mann zu sehen. Als sie am nächsten Morgen versuchte, sich zu erinnern, war sie sich jedoch nicht mehr so sicher. Sie glaubte, er sei ungewöhnlich groß gewesen und habe dem langen Sveinn aus den Geschichten ihrer Ziehmutter geähnelt. Sveinn, der bis an die Sonne reichte, wo er siebzig Kalbsfelle hängen sah.

Die Katzen verzogen die Gesichter und machten Buckel. Einmal stürzte sich Cäsar mit gesträubten Haaren auf den Koffer. Siegtrud nahm ihn auf den Arm, streichelte ihn und sagte, er solle brav sein. Sie redete lange mit ihm und machte ihm klar, dass das, was im Koffer war, hier ebenso zu Hause wäre wie er. Dass sie in ihrer kleinen Kellerwohnung Frieden halten sollten. Das müsse er ihr versprechen.

Manchmal vernahm sie Gesang, besonders abends. Erst glaubte sie, er komme von oben oder von draußen, doch als sie ihn öfter hörte, stellte sie fest, dass er in ihrem Wohnzimmer war. Die Stimme war tief und das Lied vertraut, aber Siegtrud erkannte es nicht. Und eines Abends, als sie gerade ins Bett gehen wollte, fiel ihr wieder ein, wo sie es schon einmal gehört hatte.

Die Kringlusafn-Bücherei war einladend, und es tat gut, aus der eisigen Luft in die Wärme zu kommen. Dieses Mal fragte sie den hilfsbereiten Bibliothekar nach Beständen über Ahnenforschung. Er zeigte auf einen Regalständer in der Mitte des Raumes. Die Ahnenforschungsecke. Dort standen Einwohnerverzeichnisse, biographische Lexika, Genealogien und Stammbäume. Siegtrud machte sich sofort an die Arbeit. Je öfter sie Gesang im Koffer hörte, desto mehr drängte es sie, ihre Herkunft zu erforschen.

Arnbjörg und Matthías waren aus Madeira zurückgekehrt, und Siegtruds Verbindung mit der Frankreichkarte wurde gekappt. Die Pflanzen gediehen prächtig, eine hatte sogar angefangen, zu blühen. So schön hatte Arnbjörg sie schon lange nicht mehr gesehen. Siegtrud hatte die Post ordentlich auf einen Stapel gelegt und die Zeitungen auf einen anderen. Dann hatte sie Staub gewischt, gelüftet und die Wohnung durchgesaugt. Es war viel netter, nach Hause zu kommen, wenn alles sauber war.

Stammbäume der Bewohner der Ostfjorde, der Pfarrer von Síða, der Bewohner des Bezirks Austur-Húnavatnssýsla und biographische Lexika aus dem Skagafjörður flimmerten vor Siegtruds Augen. Die Familien von Járngerðarstaður, Húsafell und Krossavík, Band um Band, ein Regal nach dem anderen. Wo sollte sie anfangen?

Siegtrud hatte gehört, dass es digitale Ausgaben der Genealogien aus dem *Íslendingabók* gab, hatte aber keinen Zugang dazu, konnte nicht mit einer Tastatur umgehen, denn Maschineschreiben war in der Internatsschule nicht unterrichtet worden. Sie hatte nie an einem Computer gesessen. Siegtrud konnte ihre Familie bis zu Petrína Magnúsdóttir zurückverfolgen, die 1916 im Norden auf der Halbinsel Melrakkaslétta geboren war, als Tochter von Magnús, dem Franzosen, und Kristbjörg Björgvinsdóttir aus Vopnafjörður. Aber was dann? Sie wusste noch nicht einmal, wessen Sohn Magnús war. Hätte ihre Ziehmutter nicht mehr darüber wissen müssen?

Siegtrud fragte den Bibliothekar, ob er ihren Stammbaum im elektronischen *Íslendingabók* nachschlagen könne, aber er verwies sie an die Nationalbibliothek. In diesem Moment fiel ihr eine der Geschichten ihrer Ziehmutter wieder ein. Sie bedankte sich und eilte hinaus.

In der Nationalbibliothek erkundigte sie sich nach alten Zeitungen. Sie wurde zu einer Wendeltreppe geschickt, und dort schimmerten hinter einer Glaswand vollgepackte Bücherregale. Die Stille lag wie ein dicker Teppich über dem großen Lesesaal. Als Siegtrud nach Zeitungen aus den Ostfjorden ab 1916 fragte, sagte sie wahrheitsgemäß, sie habe noch nie einen Computer angefasst. Aber sie fügte hinzu, es sei sehr wichtig, sie sei auf der Suche nach Informationen über verstorbene Familienmitglieder. Ein freundlicher Bibliothekar machte eine Ausnahme und brachte ihr die alten gebundenen Zeitungen.

Siegtrud blätterte und inspizierte die kleine Schrift, bis sie Kopfschmerzen bekam und kurz davor war aufzugeben.

Da stieß sie im *Austri* auf die Überschrift *Leichenfund im Þistilfjörður*. Der Artikel war vom Mai 1916.

Darin wurde berichtet, dass Magnús K. Pétursson, genannt Magnús, der Franzose, tot aufgefunden worden sei. Er war in den letzten Märztagen mit seiner Verlobten Kristbjörg Björgvinsdóttir auf dem Weg zur Melrakkaslétta gewesen und in den Bergen bei einem Unwetter umgekommen. Ein Suchtrupp war ausgesandt worden, aber man hatte Magnús' Leiche aufgrund großer Schneemengen erst Anfang Mai gefunden. Offenbar hatte er versucht, Hilfe zu holen, war jedoch vom Weg abgekommen und vor Erschöpfung zusammengebrochen.

Seine Verlobte überlebte das Unwetter, kämpfte sich aus dem Schnee frei und gelangte aus eigenen Kräften in bewohnte Gebiete. Kristbjörg war im fünften Monat schwanger gewesen und hatte großes Durchhaltevermögen gezeigt. Magnús und Kristbjörg waren in Svalbarð bei gutem Wetter aufgebrochen, aber es hatte sich im Lauf des Tages dramatisch verschlechtert. Die Schneehöhe sei gewaltig gewesen, hieß es in dem Artikel, derartige Wetterverhältnisse habe es schon lange nicht mehr gegeben.

Siegtrud las die Meldung immer wieder. Konnte sich nicht von ihr lösen. Endlich erfuhr sie etwas über ihren Großvater, der sie, solange sie denken konnte, im Kofferfach begleitet hatte. Doch in dem Artikel waren keine Beweise zu finden, dass Magnús Franzose war. Angeblich hieß er Pétursson. Aber wofür stand das K?

Siegtrud schloss die Augen, spürte, wie müde und durcheinander sie war, schlug die Augen wieder auf und ließ ihren Blick in die Ferne schweifen. Am Ende des Saals hing ein Gemälde, eine Kuh, die sie mit Menschenaugen ansah.

Nachdenklich stand Siegtrud auf und trat näher an das Bild heran, bis sie sehen konnte, dass die Kuh ein Pferd war. Die Leute auf dem Gemälde bei der Heuernte waren viel zu herausgeputzt, um glaubwürdig zu sein, wirkten vielmehr so, als seien sie auf dem Weg in die Kirche. Auf der rechten unteren Bildseite lagen eine in Socken eingewickelte Kaffeeflasche und Blutwürste auf einem Eimer.

Als Siegtrud die Würste anschaute, konnte sie den deutlichen Geruch frisch gebratener Blutwurst mit Zucker wahrnehmen. Sie gab die Zeitungen zurück, erhielt eine Kopie des Artikels aus dem *Austri* und ging nach Hause. Der Blutwurstgeruch verfolgte sie auf dem gesamten Heimweg.

15

Siegtrud wartete immer noch auf Antwort von ihrem Vater. Es war schon lange her, dass sie den Brief geschrieben hatte, und sie wollte einfach nicht glauben, dass er nicht antwortete. Sollte sie noch einmal schreiben? Was, wenn der Brief verloren gegangen war?

Sie dachte darüber nach, in eine Stadt zu ziehen, nach Akureyri oder gar nach Reykjavík. Ragnheiður hatte eine gut bezahlte Stelle in Akureyri und konnte im Frühjahr den Führerschein machen. Sollte sie ihr nächsten Winter folgen? Siegtrud hatte noch keine Entscheidung getroffen, als sie Kjartan kennenlernte.

Zu dieser Zeit arbeitete sie auf Hraunsnes beim Bauern Grímur und seiner Frau Anna. Kjartan war ein Neffe Grímurs und verdingte sich den Sommer über als Tagelöhner im Nordland auf der Melrakkaslétta. Er war auf dem Gymnasium, und aus seiner Tasche kamen Geschichtsbücher und Gedichtbände zum Vorschein. Kjartan bot Siegtrud an, ihr die Bücher auszuleihen, und sie verschlang die Gedichte. Einige Autoren kannte sie, von anderen hatte sie noch nie gehört. Sie dichteten ohne Reim und benutzten obendrein grobe Wörter. Das fand sie ungeheuerlich und fesselnd zugleich.

Kjartan war anders als alle anderen, die sie kannte, schlank und zartgliedrig, mit Pomade im blonden Haar. Er hatte eine dunkle Hornbrille und hätte am liebsten Jackett und Krawatte getragen, wurde jedoch in Arbeitshemd und Pullover gezwängt. Wenn er wollte, konnte er tüchtig sein. Er sagte, sie sei der einzige intelligente Mensch auf dem Hof, und verstand nicht, wie ein Mädchen wie sie dort leben konnte. Er baute Wolkenschlösser und malte sie ihr aus, wollte ins Ausland, Wissenschaftler werden und Entdeckungen machen, die die Welt verändern würden. Er hielt ihr Vorträge über Atomkraft und die Revolution der Entdeckung der Kernenergie. Sagte, die Möglichkeiten seien unerschöpflich.

Siegtrud wurde von einem Glücksgefühl gepackt und sang bei der Arbeit lauthals. Noch nie hatte jemand so mit ihr geredet wie Kjartan. Häufig blieb er im Bett liegen, die Decke über den Kopf gezogen. An solchen Tagen fürchtete er nichts mehr als die Atombombe. Sagte, keine menschliche Macht könne diese entfesselte Kraft zügeln. Verfluchte die Kernenergie, fürchtete die Zukunft.

Die Leute auf Hraunsnes begannen zu flüstern, die Worte Depression und Geisteskrankheit lagen in der Luft. Siegtrud sang umso lauter, wollte das Flüstern nicht hören, wartete darauf, dass er sich wieder anzog und ihr weiter von seinen Träumen erzählte.

Sie wusste, dass sie Kjartan die kalte Schulter zeigen musste, wenn er zudringlich wurde, wusste, dass ein ehrbares Mädchen auf den Richtigen warten sollte, doch sie konnte es nicht. Als der Moment kam, war er sanft und gut. Es war lange her, dass jemand sie umarmt hatte, und sie erstickte die Gewissensbisse, wollte nur, dass er nicht aufhörte, sie zu umarmen und zu streicheln. Sehnte sich nach zärtlichen Liebkosungen und hoffte, der Sommer möge endlos sein.

Sie hatte ihn immer nach Reykjavík fragen wollen. Wollte so vieles wissen, wollte ihm von Frankreich und ihren Träumen berichten. Aber er selbst hatte so viel zu erzählen. An manchen Abenden war er aufbrausend und unberechenbar, an anderen still und düster.

Im Spätsommer wurde er nach Hause geschickt, nachdem er tagelang im Bett gelegen hatte. Er hatte einen heftigen Streit mit seinem Onkel, der in Handgreiflichkeiten mündete. Siegtrud wusste nicht, wer recht hatte, hielt es jedoch für wahrscheinlich, dass es Grímur war. Bei der Rauferei zerbrach die Hornbrille. Kjartan war wie ein blindes Katzenjunges, als er in den Überlandbus stieg, und sie durfte sich zum Abschied einen Gedichtband aussuchen. Sie entschied sich für *Schwarze Federn*, umarmte ihn ein letztes Mal, blind vor Tränen.

Siegtrud vermisste die Gesellschaft, die Wärme und die Umarmungen. Hatte wochenlang einen Kloß im Hals. Sah ihn vor sich, wohin sie auch schaute, träumte nachts, sehnte sich tagsüber nach ihm.

Siegtrud blieb auf Hraunsnes. Es frustrierte sie, dass sie so kraftlos und matt war. Und dann kam das Unwohlsein hinzu.

Nach und nach ging ihr ein Licht auf, und unbeschreibliches Entsetzen packte sie. Wie war es ihrer Mutter damals ergangen?

Der Gedanke zu sterben machte ihr keine Angst. Die

Ziehmutter würde sie in Empfang nehmen, und gemeinsam würden sie Petrína treffen. Doch wer sollte sich um das Kind kümmern?

Siegtruds erster Gedanke war, mit Margrét in Hafnir zu sprechen, aber sie konnte nicht anrufen, denn der ganze Bezirk würde mithören. In ihrer Not schrieb sie einen Brief. Margrét bot ihr an, sofort zu kommen und bei ihr zu entbinden. Sie hielt es für Unfug, dass Siegtrud sterben würde. Spornte sie an, mutig und stark zu sein. Es würde ein Frühlingskind, und alles ginge gut.

Anna und Grímur wollten nicht, dass Siegtrud fortging. Fanden, es sei schon genug Schaden angerichtet worden, schoben dem abwesenden Tagelöhner die Schuld in die Schuhe und boten ihr an zu bleiben. Doch Siegtrud war fest entschlossen, in Hafnir zu entbinden. Dennoch wollte sie nicht sofort gehen. Wollte die Vereinbarung mit dem Bauern nicht brechen.

Was sollte sonst aus ihr und dem Kind werden? Lange Stunden saß sie neben dem Koffer, massierte die Flosse und beschäftigte sich mit den alten Sachen. Der vertraute Geruch, manchmal auch das Gefühl, dass ihre Ziehmutter, Petrína und Magnús im Kofferfach ihr beistehen würden, beruhigten sie.

Obwohl sie Angst hatte, freute sie sich auch. Wenn sie sich gestattete, zuversichtlich zu sein und daran zu glauben, dass alles gut ginge, würde sie mit dem Kind eine kleine Familie bilden, und niemand könnte ihr dieses Glück mehr nehmen.

16

Je weiter die Schwangerschaft voranschritt, desto sicherer war sich Siegtrud, dass jemand sie beschützte. Sie beschloss im Stillen, dass es ihre Ziehmutter sein musste. In der Osterwoche wollte sie nach Hause nach Hafnir gehen, um dort das Kind auf die Welt zu bringen, und sie freute sich darauf, Margrét wiederzusehen.

Eines Tages kam Anna auf Babyschuhe zu sprechen, und bevor Siegtrud sich versah, hielt sie Strickzeug und hellgrüne Wolle in den Händen. Jetzt konnte sie stricken. Anna lachte und nahm die heruntergefallenen Maschen wieder auf. Und es dauerte nicht lange, bis Siegtrud keine Maschen mehr verlor. Weitere Babyschuhe und ein kleines gelbes Jäckchen folgten. Anna besaß eine Nähmaschine und Flanellstoff, aus dem man Laken und Hemdchen nähen konnte. Siegtrud packte alles in eine Kiste, holte es jeden Tag heraus und strich über die weichen Kleidungsstücke. Abends arbeitete sie eifrig, bis sie einnickte.

Der Winter war ungewöhnlich mild, und das Vieh graste draußen. In der Mitte des vierten Wintermonats Þorri bekam Siegtrud Schmerzen in Unterleib und Rücken. Erst waren sie wie leichte Menstruationsschmerzen. Siegtrud verlor kein Wort darüber, bis ihr klar wurde, dass es Wehen waren. Da stand sie gerade draußen in der Scheune und holte Heu für die abendliche Fütterung der Kühe. Sie wankte ins Haus und fand Anna in der Küche. Die erblasste, reagierte jedoch schnell und rief den Arzt an, der versprach, sofort zu kommen.

Ohne, dass sie etwas dagegen tun konnte, liefen Siegtrud Tränen über die Wangen. Als sie klein war, hatte sie gelernt, nicht zu weinen, damit Petrína, die sie vom Himmel aus beobachtete, sich nicht noch mehr Sorgen machte. Jetzt konnte sie sich nicht mehr beherrschen, wünschte sich sehnlich die Ziehmutter herbei und hätte am liebsten Margrét holen lassen. Aber sie sagte nichts, schloss nur die Augen, betete und kämpfte mit den Tränen. Anna saß am Bett, hielt ihre Hand und trocknete ihr den Schweiß von der Stirn. Endlich kam der Arzt.

Siegtrud merkte nicht, wie die Zeit verging, schlug nur ab und zu die Augen auf und sah eine Frau am Fußende des Bettes stehen. Sie war verschwommen, schien jedoch dunkle Zöpfe und einen Schal um die Schultern zu haben. Als Siegtrud versuchte, mit ihr zu sprechen, bekam sie keine Antwort. Jedes Mal, wenn sie die Augen öffnete, stand die Frau dicht am Fußende und schaute sie ausdruckslos an. Nach und nach füllte sich das Zimmer mit Menschen, jemand begann, mit tiefer Stimme zu singen, andere stimmten mit ein.

Die Wehen wurden stärker, Siegtrud fand die Schmerzen unerträglich, so als würde ihr das Fleisch von den Knochen gerissen. Da erschien Hallfríður. Ihre treue, gute Ziehmutter war gekommen. Siegtrud erschrak so sehr, dass sie auffuhr.

«Wo bist du gewesen?», stöhnte sie. Hallfríður drückte sie aufs Bett, strich ihr über die Stirn und lächelte.

«Halt durch», flüsterte die Ziehmutter und nahm sie fest in die Arme. Siegtrud klammerte sich an sie, während sie kämpfte, fest entschlossen, zu überleben. Dann ließ der Druck nach, und etwas Nasses glitt aus ihr heraus.

Alles war unendlich still. Siegtrud schlug die Augen auf und sah sich um. Die Ziehmutter war verschwunden, ebenso wie die Frau am Bettende. Der Gesang war verstummt.

Der Junge gab keinen Laut von sich, lag mit geschlossenen Augen da. Sie wusste, dass er tot war. Wusste, dass es viel zu früh war. Dennoch fragte sie den Arzt, ob sie seine Hände anschauen dürfe.

Seine Finger und auch seine kleinen Hände waren normal geformt. Er war winzig und unglaublich zart. Es war, als schlummere er hinter durchsichtigen Augenlidern. Siegtrud machte das Kreuzzeichen über ihm, langsam und ruhig. Fasste sich einen Moment. Dann begann sie zu weinen, erst still, dann hemmungslos.

Sie sah ihn nie wieder. Er wurde zu einem Mann aus einem anderen Bezirk in den Sarg gelegt und mit ihm beerdigt. Obwohl es erst Mitte Januar war, taute es, und die Sonne schmolz den Schnee.

Im Sommer zog Siegtrud in die Provinzstadt. Sie suchte sich Arbeit in der Heringsalzerei und beschloss, alles dem Zufall zu überlassen. Wusste nicht, ob sie salzen konnte, verlor jedoch kein Wort darüber. Sie beschaffte sich das Notwendigste und stand bereit, als der Hering kam. Siegtrud wohnte in der Frauenbaracke. Sie waren zu acht in einem großen Raum, und Siegtrud schlief im oberen Etagenbett in der Nähe des Fensters. Sie wollte es mit der Arbeit versuchen. Wenn es nicht ging, würde sie etwas anderes finden. Aufs Land wollte sie nicht mehr zurück.

Das Salzen ging gemächlich los. Vereinzelt liefen Boote ein. In der Zwischenzeit lernte Siegtrud die Handgriffe. Und die waren kinderleicht. Mit der linken Hand musste sie nur greifen und festhalten. Beides konnte sie. Ihr Daumen war kräftig, ihr Griff sicher und ihr Arm gelenkig. Man musste einen starken Rücken haben, und den hatte sie. Siegtrud hatte harte Arbeit nie gescheut.

Dann kam eine gewaltige Ladung, und Siegtrud schaffte es. Aber Plankton und Salz setzten ihr zu. Ihre rechte, unversehrte Hand steckte in einem Gummihandschuh, aber die Flosse blutete und war stark verletzt. Sie hätte einen Gummifäustling für die linke Hand gebraucht und versuchte, zwei Wollfäustlinge übereinanderzuziehen. Doch dadurch wurde sie ungelenkig und langsamer.

Siegtrud schloss nicht viele Bekanntschaften und war so viel wie möglich allein. Einmal ließ sie sich dennoch dazu überreden, mit den Mädchen zu einem Seemannsball zu gehen. Es machte ihr Spaß, der Musikkapelle zuzuhören, und sie hätte gern getanzt, doch nach kurzer Zeit herrschte ein solches Gedränge, dass sie lieber nach Hause ging.

Als es Herbst wurde und der Hering verschwand, blieb Siegtrud weiter am Platz. Es gab noch viel zu tun, und das Auffüllen der Heringstonnen und das Pökeln waren erst kurz vor Weihnachten abgeschlossen. Zweimal wurden ihr für den Winter Anstellungen auf der Melrakkaslétta angeboten, aber sie lehnte beide Male ab.

Am Ende des Sommers hatte Siegtrud Geld auf der Bank. Das war ein neues Leben. Doch die kurzen Wintertage waren düster, und die Gedanken an den Jungen plagten sie von früh bis spät. Seine winzigen Kleidungsstücke waren in den Koffer gewandert. Siegtrud sah ihn vor sich, auf dem Arm des Arztes, zart und feingliedrig. Inzwischen hatte sie das Gefühl, ihn keineswegs ausgiebig genug betrachtet zu haben. Fand, dass sie ihn auf den Arm nehmen und einen Augenblick hätte halten sollen.

Wohin war er gegangen? In einem Sarg mit einem Mann, den sie nicht kannte. Von dem sie noch nicht einmal wusste, ob er jung oder alt war. War er ein guter oder ein schlechter Mensch gewesen? Und der Junge so klein und hilflos. Sie hätte gern gewusst, wo er beerdigt war, sollte es eigentlich wissen. Abends schlief sie todmüde ein, schreckte mitten in der Nacht hoch und dämmerte schweißgebadet im Halbschlaf vor sich hin. War wieder zu Hause in Hafnir, wo die Ziehmutter mit einem Bündel im Arm auf dem Bett saß.

«Bist du denn nicht gestorben?», fragte Siegtrud, und die Ziehmutter lachte schallend und reichte ihr das leichte Bündel. Zwei strahlend blaue Augen schauten sie an. Der Junge lächelte und brabbelte und spielte mit seinen kleinen Fingern, so weich und zart.

Siegtrud durchströmte im Schlaf ein wohliges Gefühl. Wie war sie nur auf die Idee gekommen, die beiden seien gestorben? Der Junge war doch nur bei der Ziehmutter, die sich so wundervoll um ihn kümmerte. Sie drückte ihn an sich.

Als sie aufschreckte, beschlich sie sofort ein ungutes Gefühl. Draußen war stockdunkle Winternacht. Sie stieg aus dem Bett und trank Wasser. Kroch wieder hinein und suchte verzweifelt nach ihrem Traum.

17

Hin und wieder sah Siegtrud Jungen vorbeigehen, die die ihren hätten sein können. Sie waren zwischen vierzig und fünfzig, blond oder rötlich, konnten schütteres Haar haben, eine Brille war auch denkbar, doch vor allem mussten sie schlank und feingliedrig sein. Manchmal erkannte sie bei einigen von ihnen Tómas' Gesichtszüge. Dann spürte sie ein Stechen in der Brust, weil sie wusste, dass Tómas das Haus mit energischen Burschen hatte füllen wollen, während sie sich einen zarten Jungen und ein kleines Mädchen gewünscht hatte, das Hallfríður heißen sollte.

Bei ihrem Umzug ins Südland war Siegtrud zwischen ihren Sachen auf ein weißes Wiegenkleid mit Spitzenbesatz und dem Monogramm HT gestoßen. Sie erinnerte sich daran, dass sie es eines Frühjahrs vor langer Zeit voller Zuversicht hatte anfertigen lassen. Sie konnte es einfach nicht weggeben und legte es in den Koffer neben die grünen Babyschuhe, das gelbe Jäckchen und die Flanelllaken. Dann und wann nahm sie es heraus, zog das alte Grammophon auf und strich über die Kleidung. Anschließend packte sie alles wieder ein.

Als sie wieder einmal in dem Koffer herumstöberte, entdeckte sie einen alten Umschlag. Sie legte ihn wieder weg, musste ihn gar nicht öffnen, denn sie wusste, was darin war. Sie erinnerte sich daran, wie sie vor langer Zeit die Meldung in der Zeitung gefunden und ausgeschnitten hatte. Darin ging es um einen Mann, der in Deutschland von einem Gleis gestürzt und von einem Zug überfahren worden war. Sie hatte den Mann auf dem Foto sofort erkannt, und ihr Herz war stehen geblieben. Es war Kjartan Ásbergsson, der die Welt verändern wollte und der ihr während eines Sommers Wärme geschenkt hatte.

Siegtrud ließ die Männer nicht aus den Augen, gab sich aber nur mit wenigen zufrieden, versuchte, sich vorzustellen, wie sie als Babys ausgesehen hatten. Fand die meisten zu pausbäckig oder zu kräftig. Manchmal hatten sie Frauen und Kinder dabei, tüchtig aussehende Frauen, einige etwas rundlich, und Kinder unterschiedlichen Alters, frech oder brav. Die Enkelkinder irgendwelcher Frauen in der Stadt.

Siegtrud beobachtete Kinder mit ihren Großmüttern und folgte ihnen in Cafés, wo sie im Warmen saßen und sich miteinander unterhielten.

Sie dachte darüber nach, eine Anzeige in die Zeitung zu setzen, nach Leuten zu suchen, die eine Oma oder Uroma bräuchten. Doch etwas in den Gesichtern all dieser Leute hielt sie davon ab. Vielleicht fehlte das Strahlen, nach dem sie immer suchte.

Siegtrud saß am Fenster und schaute dem Trubel zu, während sie ihren Kaffee trank. Sah Leute gegen den Wind ankämpfen und durch den Regen laufen, musterte deren unterschiedliche Kleidung. Hatte ein Buch dabei, manchmal ein Taschenbuch aus der Bücherei oder eine Gedichtsammlung und blätterte ab und an darin. Es war gemütlich, im Warmen zu sitzen und die brennenden Teelichter zu spüren. Sie bestellte immer einen normalen Kaffee mit Zuschlag. Selten etwas zu essen. Trank eine Tasse nach der anderen. Mit einem Glas Leitungswasser dazu.

Tómas hatte keine Geduld gehabt, in Cafés zu gehen. Außerdem war es teuer. Er mochte keine Kerzen und hielt es für unwahrscheinlich, dass es ein Café gab, das gemütlicher war als ihre Küchenecke im Norðurmýri-Viertel, das *Kaffivagninn* mit Aussicht auf den Hafen ausgenommen. Das war sein Ort.

Hin und wieder denkt sie darüber nach, sich Arbeit in einem Café zu suchen, aber sie geht davon aus, dass sie nicht eingestellt wird. Deshalb eröffnet sie ihr eigenes Café ganz nach ihrem Geschmack. Das Lokal ist klein, nur acht Tische, und immer gut besucht. An allen Wänden hängt der Berg Herðubreið, auf Schwarz-Weiß-Fotos, Aquarellen und Ölgemälden in wuchtigen Rahmen. Einige sind von Stefán Stórval. Die Farbenpracht, die Schafböcke im Vordergrund und die Kraterreihe Upptyppingar verleihen dem Raum einen besonderen Charakter. Auf den Tischen sind Spitzendeckchen und verschiedene alte Tassen und Untertassen. Eine Wanduhr schlägt zur halben und zur ganzen Stunde, mit schweren Schlägen, die nicht unangenehm sind. In einer Ecke steht das alte Grammophon, und der Koffer ist rechts neben dem Eingang. Überall hat sie nach dem alten Spiegel ihrer Ziehmutter gesucht, aber keinen gefunden, der ihm ähnlich genug ist.

Siegtrud ist die einzige feste Mitarbeiterin, aber der Junge hilft ihr und löst sie ab, wenn sie einmal wegmuss. Er spricht sämtliche Sprachen, auch wenn sein Französisch immer durchklingt. Das Café befindet sich am unteren Ende des Laugavegur, aber im Sommer ist es in Paris. Wenn es warm wird, stellt sie die Tische aufs Trottoir. Von dort kann man die Seine sehen. Sie hört die Lastkähne auf dem Fluss und winkt ihrem Vater. Würde ihm gern einen Schluck Kaffee anbieten, aber er darf nie anhalten.

Manchmal hat sie müde Beine, müde vom vielen Laufen, doch das vergisst sie, sobald abends die Tür ins Schloss fällt. Dann schaut sie über den Fluss, sieht den erleuchteten Eiffelturm in der Dämmerung aufragen und macht sich langsam auf den Heimweg.

18

Siegtrud traute ihren eigenen Augen nicht, als sie das *Morgunblaðið* aufschlug. Nein, es gab keinen Zweifel. Das war Sumarlína Tómasdóttir, ohne Hut, aber Siegtrud erkannte sie trotzdem. Als sie darüber nachdachte, fiel ihr auf, dass es ziemlich lang her war, seit sie die Frau zuletzt gesehen hatte. Siegtrud hatte zwar bemerkt, dass sie fehlte, sie aber nicht weiter vermisst. Und da war sie nun, die Frau, die über einen langen Zeitraum hinweg Siegtruds Gesang überwacht hatte. Die Trauerfeier fand um ein Uhr in der Fossvogskirkja statt.

Cäsar miaute und strich um ihre Beine, ebenso wie Kleopatra, aber Siegtrud stieß die beiden gedankenverloren weg, musste sich konzentrieren. Sumarlínas Cousin Steinn war der Einzige, der einen Nachruf im *Morgunblaðið* geschrieben hatte. Er gab auch die Trauerfeier bekannt. Sumarlína hatte jahrelang in der Telefonzentrale eines Großhandels gearbeitet. Ja, genau so war sie Siegtrud vorgekommen, wie eine zuverlässige Angestellte bis zum Tod. Und neugierig. Sie stammte aus Djúpivogur in den Ostfjorden, hatte jedoch lange im Südland gewohnt. War unverheiratet.

In der Kirche sah Siegtrud sofort Jörundur Jónsson. Er saß hinten auf der rechten Seite. Es waren zwar nur wenige Leute da, aber man hätte durchaus doppelläuten lassen können. Siegtrud setzte sich zu Jörundur, der lächelte und ihre Hand drückte. Weiter vorn in der Kirche entdeckte

Siegtrud Anna Ögmundsdóttir. Sie saß allein in einer Bankreihe, und sie setzten sich zu ihr. Dann begann das Präludium, Largo von Händel.

Als Siegtrud durch die Kirche ging, war ihr die verstorbene Sumarlína vollkommen vertraut. Noch bevor der Pfarrer Erde auf den Sarg geworfen hatte, war Siegtrud zu einem Familienmitglied geworden und sang voller Inbrunst für die Verstorbene. Eigentlich war es eine durchweg angenehme Feier. Der Pfarrer sprach kurz, aber prägnant, und der Chor war gut. Der Organist verlor nur einmal den Faden. Der Großhandel hatte einen Kranz geschickt, aber es sah nicht so aus, als seien die Kollegen anwesend. In der ersten Reihe saß die Familie des Cousins, in den umliegenden Bänken vereinzelte Leute. Ansonsten war die Kirche halb leer. Siegtrud saß zwischen Jörundur und Anna. Das Adagio in g-Moll geleitete die Verstorbene hinaus.

Steinn hatte nicht zum Trauermahl geladen, weshalb sie Sumarlína ihre Ehre erwiesen, indem sie zu dritt zum Kaffeetrinken ins Aussichtslokal *Perla* gingen. Es stellte sich heraus, dass keiner von ihnen die Verstorbene kannte, Anna jedoch im selben Viertel gewohnt hatte. Die Frau war ihr allerdings nicht ganz geheuer gewesen, denn sie hatte stets ein gebieterisches Auftreten gehabt. Aber Anna war wortkarg und wollte keine Gerüchte in die Welt setzen. Jörundur ergriff Partei für Sumarlína und sagte, Steinn sei zu geizig, um ein Trauermahl auszurichten, der Mann mache keinen guten Eindruck. Anna widersprach, aber Jörundur blieb bei seiner Meinung. Ihm gefiel das Gesicht des Jungen nicht.

Siegtrud schaute zu den Bergen, hörte zu, mischte sich

aber nicht ein. Schläfrigkeit überfiel sie, während sie die Bergkuppen auf der gegenüberliegenden Seite der Bucht betrachtete, die in ein märchenhaftes Licht getaucht waren. Aus dem Augenwinkel sah sie einen schlanken Mann mit Pomade im blonden Haar. Er hatte einen zierlichen Jungen an der Hand. Als die beiden in die Sonne traten, lösten sie sich auf und verschwanden aus ihrem Blickfeld.

Siegtrud richtete sich halb auf und starrte ihnen hinterher, zuckte jedoch zusammen, als Jörundur ihr Kaffee nachschenkte, drehte sich um und setzte sich wieder. Sah, dass ihr Tortenstück fast unberührt war, obwohl die anderen schon aufgegessen hatten.

Während sie sich über ihre Torte hermachte, kam sie auf die Idee, die beiden zu bitten, ihr bei ihrem Begräbnis behilflich zu sein. Siegtrud wusste nicht, wer sich sonst darum kümmern sollte. Sie hätte die beiden gern damit betraut, dass nicht das Adagio in g-Moll gespielt würde, sondern der *Pilgerchor* von Wagner oder *Ases Tod* von Grieg. Außerdem wollte sie, dass ein Geiger *Traumland* spielen und jemand ein paar Gedichte aus *Schwarze Federn* vorlesen würde. Und der Pfarrer sollte die Gemeinde dazu anhalten, mitzusingen. Da sie nicht viele Gäste zu erwarten hatte, sollten die Anwesenden umso lauter singen. Die beiden müssten sich keine Sorgen machen, in Schwierigkeiten zu geraten, denn Siegtrud hatte genug Geld auf dem Sparbuch. Und sie dürften selbst über das Trauermahl entscheiden, wenn nur der Kaffee nicht zu dünn wäre.

Doch dann kamen ihr Zweifel. Erstens wollte sie nicht zu

persönlich werden, und zweitens hatte sie Jörundur anvertraut, dass sie ein ganzes Haus voller Verwandter hätte. Siegtrud lächelte still. Eher würde sie sich erbieten, ihnen zu helfen. Anna wirkte nicht sehr entschlussfreudig, und Jörundur war schon alt.

Jedenfalls waren sich die drei einig, dass sie Sumarlína und den Hut schmerzlich vermissen würden. Jörundur war traurig, sagte, nichts würde mehr so sein, wie es einmal war. Er war den Tränen nah und wollte die Frauen nach Hause fahren. Siegtrud schüttelte den Kopf, aber er nahm Anna mit, die sagte, sie würde sich nie nach vorn setzen. Jörundur klagte über diese Marotte, aber sie blieb hartnäckig. Da gab er nach, lenkte den Škoda den Öskjuhlíð-Hügel hinab und in den fließenden Verkehr hinein.

Siegtrud knöpfte ihren Mantel auf, zupfte den französischen Schal zurecht und strich sich übers Haar. Dann betrat sie das Büro der Reykjavíker Friedhofsverwaltung, wünschte guten Tag und sagte, sie suche das Grab von Kjartan Ásbergsson. Er sei Anfang des Jahres 1971 gestorben und müsse in Reykjavík begraben sein.

Der freundliche junge Mann war sehr hilfsbereit. Er fand das Grab schnell und sagte, es liege im Bereich K, im unteren Teil des Friedhofs. Gab ihr einen Geländeplan.

Als Siegtrud den Plan betrachtete, musste sie an einen anderen Friedhof in einer anderen Zeit denken und hätte gern gewusst, ob es möglich war, Kinder zu finden, die gemeinsam mit Fremden im Sarg bestattet worden waren. Sie starrte vor sich hin, ohne ein Wort herauszubringen und spürte, wie ihr der Schweiß ausbrach. Der Mann fragte höflich, ob er sonst noch etwas für sie tun könne. Da schreckte sie aus ihren Gedanken hoch, schaute dem Bischof von Island in seinem goldenen Rahmen in die Augen, lächelte entschuldigend und verabschiedete sich. Anschließend ging sie zum Friedhof und arbeitete sich durchs Alphabet, A auf der einen und C auf der anderen Seite. Endlich erreichte sie K. Der Abschnitt war groß, aber sie suchte weiter. Und dort fand sie ihn, nach bald einem halben Jahrhundert.

Anscheinend pflegte niemand das Grab. Es gab nichts außer einem schwarzen Namensschild auf einem weißen Holzkreuz, das zur Seite gekippt war.

Kjartan Ásbergsson
Geboren 1. November 1936
Gestorben 17. Januar 1971
Ruhe in Frieden

Es nahm ihr jegliche Kraft, und sie hatte das Gefühl, sich setzen zu müssen, fand aber keine Bank. Als sie das zerbrochene Kreuz betrachtete, rannen ihr Tränen über die Wangen. Der Gedanke, dass er so endlos weit weg und dennoch so nah war, schnürte ihr die Luft ab. Ob er Wissenschaftler geworden war, wie er es sich erträumt hatte? Sie hatte nie etwas über seine Theorien gehört. Erinnerte sich nur daran, wie sehr sie ihn geliebt hatte, wie sie geweint hatte, als er ins Südland geschickt wurde.

Siegtrud ließ ihren Tränen freien Lauf, bis sie nur noch schluchzte. Erst dann wurde ihr leichter ums Herz. Sie schaute sich um; auf dem Friedhof waren nur wenige Besucher. Siegtrud hockte sich hin und wühlte mit den Fingern in der gefrorenen Erde. Es sah nicht so aus, als sei dort ein Beet gewesen, und das hätte sie gern geändert. Dennoch zögerte sie.

Ihre Knie zitterten, als sie das Grab segnete und sich auf den Heimweg machte. Sie ging Schritt für Schritt und dachte nach. Als sie die Tür zu ihrer Kellerwohnung öffnete, hatte sie einen Entschluss gefasst. Kjartan war ein Teil ihres Lebens gewesen, der Vater des kleinen Jungen, und es war nicht unnatürlich, sich um ihn zu kümmern, wenn niemand anders es tat. Sie hinterging Tómas nicht, denn sie würde es ihm bei ihrem nächsten Besuch auf dem Gufunes-Friedhof erzählen.

Einige Zeit später machte sie sich mit allem Nötigen auf den Weg zum Fossvogur-Friedhof, zog die Gartengeräte im Zeitungswagen hinter sich her. Die Sonne schien, und es herrschte kein Frost. Jetzt kannte sie das Gelände, machte sich tatkräftig ans Werk und hackte ein kleines Beet in die Erde. Sie richtete das Kreuz auf und versuchte, es tiefer in den Boden zu stecken, freute sich darauf, im Frühling mehrjährige Pflanzen zu setzen.

Sie arbeitete, ohne ein Wort zu sagen, konnte nicht mit Kjartan sprechen. Noch nicht. Wusste, dass es dazu kommen würde. Und dass es gut wäre.

19

Eigentlich fühlte sich Siegtrud in der Provinzstadt wohl. Sie mietete ein Zimmer mit Zugang zu Küche und Bad, kaufte das Notwendigste und machte es sich gemütlich.

Der Organist hatte sie in der Kirche singen hören und sprach sie an. Sie trat in den Chor ein, und auch in die Frauen-Rettungsgesellschaft. Später war sie ein paar Monate im Frauenverein, trat jedoch wieder aus, als sie merkte, dass zwei ihrer alten Schulkameradinnen ebenfalls Mitglieder waren, die eine im Vorstand. Sie waren freundlich zu ihr, begrüßten sie wie eine alte Bekannte und sprachen über vergangene Zeiten. Das bekümmerte Siegtrud. Erst meldete sie sich krank, dann schickte sie einen Brief. Die beiden blieben weiter freundlich, und sie war auch nicht unhöflich, wenn sie ihnen zufällig begegnete, war immer nur in Eile.

Siegtrud bemerkte Tómas und wie er sie ansah sofort. Er unterhielt sich mit ihr, wann immer er konnte. Erst fürchtete sie, er hätte etwas an ihrer Arbeitsweise auszusetzen, denn er war Vorarbeiter. Sie hatte gehört, dass er mit seiner Mutter in Sólvöllur wohnte, einem zweistöckigen Holzhaus mit hohem Dach in der Ortsmitte. Ingibjörg Borghildur war für ihre Herrschsucht bekannt. Im Erdgeschoss betrieb sie einen kleinen Handarbeitsladen, den einzigen im Ort.

Eines Freitagabends klopfte Tómas an Siegtruds Tür.

Schüchtern stand er in der Türöffnung, ihre Proviantdose in der Hand. Er sagte, die habe er in der Fischfabrik herumliegen sehen und er wolle nicht, dass sie unnötigerweise danach suche. Sie hatte die Dose tatsächlich nicht gefunden, als sie am Nachmittag nach Hause gehen wollte, obwohl sie überall nachgesehen hatte.

Siegtrud nahm die Dose entgegen und errötete. Was war sie nur für ein Dummkopf. Sie dankte ihm für seine Aufmerksamkeit, stand da, massierte die Flosse und fragte dann, ob sie ihm einen Kaffee anbieten könne. Tómas nahm an und blieb lange sitzen. Sie unterhielten sich über dies und das, er war es wohl, der die meiste Zeit redete.

Danach besuchte Tómas sie oft, lud sie zwar nie zu sich nach Hause ein, ging aber bei der Bäckerei vorbei und kaufte Marmor- oder Weihnachtskuchen. Manchmal machten sie auch eine Spritztour mit dem Willys Jeep. Tómas war Einzelkind und unverheiratet. Sein Vater war ertrunken, als sein Motorboot kenterte. Das war kurz vor Tómas' Konfirmation gewesen. Danach wohnten Mutter und Sohn zusammen mit den Großeltern in Sólvöllur, später nur noch zu zweit. Siegtrud hatte gehört, seiner Mutter sei kein Mädchen gut genug für ihren Sohn und deshalb gehe er nie aus.

Tómas war mittelgroß, hatte kräftige Arbeitshände, leichte Geheimratsecken im dunkelblonden Haar und war vielleicht ein bisschen füllig um die Hüften. Er war nicht hübsch, aber auch nicht unattraktiv. Manchmal sehnte sich Siegtrud danach, dass seine starken Arme sie umschließen und festhalten würden. Sie verglich sie mit Kjartans Armen, die dünn waren, sie aber dennoch so fest gehalten hatten. Und Sehnsucht flammte auf.

Eines Tages ging Siegtrud in den Handarbeitsladen, um Zwirn zu kaufen. Ingibjörg Borghildur war groß, unerschütterlich und hatte schwarze, stechende Augen. Man konnte sich gut vorstellen, dass sie einst eine schöne Frau gewesen war. Doch sie strahlte eine Kälte aus, die Siegtrud veranlasste, ihren Mantel enger zu ziehen und ihre linke Hand trotz der gestrickten Fäustlinge in die Tasche zu stecken.

Ingibjörg Borghildur schaute Siegtrud scharf an, musterte sie von oben bis unten und fragte kurz angebunden, ob sie noch etwas wolle. Siegtrud erschrak so sehr, dass sie den Laden mit Leinenstoff, Garn und Sticknadeln verließ. Obwohl sie nie stickte.

Als die Heringsalzerei auf Hochtouren lief und Tag und Nacht ineinanderschmolzen, kam Siegtrud zu Ohren, Ingibjörg Borghildur habe einen Schlaganfall erlitten und liege linksseitig gelähmt im Spital. Tómas ließ sich nicht blicken. Sie wollte ihn nicht aufsuchen, hatte auch gar keine Zeit dazu.

Der Hering verweilte nur kurz und zog dann weiter Richtung Osten. Die Salzmädchen waren enttäuscht, auch Siegtrud. Die Arbeit im Hering machte ihr Spaß, ohne Wunden und Schmerzen, nachdem Tómas ihr einen Gummifäustling für die linke Hand mitgebracht hatte. Er schenkte ihr auch einen Toaster und ein neueres Foto von sich.

Siegtrud genoss es, in windstillen Sommernächten unter freiem Himmel zu salzen und selbst das Tempo zu bestimmen. Im Kühlhaus fror sie immer. Zudem gab es eine neue Einteilung, die sie nicht mochte. Die Frauen arbeiteten in Gruppen, und es kam sehr darauf an, flink mit den Händen zu sein.

Siegtrud beschloss, sich den anderen Salzmädchen anzuschließen und dem Hering in die Ostfjorde zu folgen, doch da stand Tómas plötzlich vor der Tür und bat um ihre Hilfe. Seine Mutter weigere sich, im Spital zu bleiben, wolle zu Hause liegen. Ob sich Siegtrud vorstellen könne, eine Zeit lang bei ihm zu arbeiten? Er würde sie besser bezahlen als die Fischfabrik.

Siegtrud war wie vom Donner gerührt. Dachte an die stechenden Augen der Frau im Handarbeitsladen und wurde von einer derartigen Kälte ergriffen, dass sie ihre Strickjacke bis zum Hals zuknöpfte. Wusste nicht, was sie sagen sollte, hatte nie wieder als Hausangestellte arbeiten wollen. Und sie war auf dem Weg in die Ostfjorde.

Siegtrud bat ihn, ein bis zwei Tage darüber nachdenken zu dürfen. Tómas lächelte, sagte, er könne warten, und nahm sie zum ersten Mal in den Arm.

20

Ingibjörg Borghildur lebte noch fünf Jahre und regierte den Haushalt während dieser Zeit vom Bett aus. Sie war unerbittlich. Siegtrud arbeitete von da an nicht mehr in der Heringsalzerei und auch nicht in der Fischfabrik. Aber sie behielt im ersten Jahr noch ihr Zimmer. Dann sagte Tómas, es gebe genug Zimmer bei ihnen im Haus, für die sie nichts bezahlen müsse.

Anfangs hätte sie sich am liebsten unsichtbar gemacht. Aber sie mochte Tómas und freute sich, ihn abends und mittags zu sehen. Und sie konnte ihn ja nicht mit der alten Frau allein lassen.

Manchmal fand sie Tómas' Mutter schlimmer als die Kinder in der Schule. Glücklicherweise nuschelte sie, und Siegtrud verstand nicht alles, was sie zu ihr sagte. Aber ihr Blick war grausam und ihre rechte Hand bärenstark. Mehr als einmal verpasste sie Siegtrud eine Ohrfeige. Manchmal schlug sie ihr auch das Essen aus der Hand und schleuderte das Tablett auf den Boden. Sie könne diesen Dreck nicht essen und einer hinterlistigen Person mit braunen Augen nicht trauen. Womöglich ahnte Ingibjörg Borghildur etwas von Tómas' Zuneigung zu Siegtrud.

Tómas glaubte, seine Mutter sei deshalb so streng, weil sie sich nach dem Tod seines Vaters jahrelang allein mit dem Haushalt, dem Sohn und den Großeltern abplagen musste. Er erinnerte sich an Ereignisse, die so schmerzhaft waren, dass er sie nicht erzählen konnte. Er versuchte es, brach aber mittendrin ab.

Dennoch genoss Ingibjörg Borghildur es manchmal, wenn Siegtrud ihr vorlas, und sie hörte gern Geschichten von der Melrakkaslétta, von Hallfríður und der Landarbeit in Hafnir. Das waren angenehme Stunden, aber man konnte Ingibjörg Borghildurs Launen nie trauen, denn sie änderten sich in Sekundenschnelle.

Der Laden im Erdgeschoss fiel ebenfalls in Siegtruds Aufgabenbereich. Sie bestellte Waren und verbrachte, von Tómas ermutigt, viel Zeit damit, sich in die kaufmännische Arbeit einzufinden. Die Schulmädchen kauften Leinenstoff, Strickzeug, Häkelnadeln und Garn. Siegtrud war freundlich zu ihnen und mochte sie gern. Ab und an kaufte eine Frau Sticktuch oder gemusterte Kissenbezüge. Knüpfteppiche waren ebenfalls beliebt. Siegtrud fand es amüsant, dass sie nun einen Handarbeitsladen führte, und erinnerte sich an die Tränen, die sie einst beim Stricken vergossen hatte.

Sie kaufte ein Heizöfchen, denn die Kunden hielt es bei Kälte nicht lange im Laden, zog die Gardinen auf und ließ Licht hinein. Es hätte ein wirklich schöner Laden sein können.

Doch Ingibjörg Borghildur zeterte. Wollte verkaufen. Und letztendlich gehörte der Laden ihr. Tómas veräußerte die Lagerbestände, anderswo im Ort wurde ein Handarbeitsgeschäft eröffnet, und Sólvöllur verfügte über ein weiteres unbenutztes Zimmer.

Während der letzten Wochen wurde Ingibjörg Borghildur schwächer. Ihr Rufen wurde leiser, und die Stille war so beklemmend, dass Siegtrud sich unwohl fühlte. Tómas schlich schon seit einiger Zeit spätabends zu ihr, und nun schob er ihr Bett in sein Zimmer. Siegtrud konnte sich von Gewissensbissen nicht frei machen. Fand, dass sie die alte Frau hintergingen. Sollten sie sie nicht erst in Ruhe sterben lassen? Doch Tómas bestimmte. Es war fast so, als bereite ihm der Gedanke Vergnügen, dass seine Mutter im Nebenzimmer lag, wenn er nachts zu seiner Geliebten schlich. Nach der Beerdigung kauften sie ein Ehebett.

Doch wie sehr sie es auch versuchten, es kamen keine Kinder. Siegtrud fand sogar, Tómas würde es übertreiben. Holte er womöglich all die Jahre nach, in denen er keine Frau angefasst hatte?

Wenn sie abends ins Bett ging, ließ Siegtrud ihre Gedanken schweifen, dachte oft an Kjartan, achtete jedoch darauf, seinen Namen nicht zu erwähnen. Manchmal konnte sie ihn riechen, doch die Liebkosungen waren nicht die seinen, die schlanken Arme, das sanfte Streicheln. Tómas war energisch und fordernd, aber auch zärtlich. Siegtrud bemühte sich, die beiden nicht miteinander zu vergleichen, vergaß sich jedoch. Dann bekam sie Gewissensbisse, was dazu führte, dass sie noch liebevoller zu Tómas war. Die Blutungen dehnte sie gemeinhin über eine Woche aus.

Sie hatte Tómas schon längst von dem Jungen erzählt. Erzählte ihm auch, dass sie so gern sein Grab besuchen würde, und eines schönen Sommertags schlug er vor, mit ihr gemeinsam die Grabstätte zu suchen. Der Pfarrer müsse

Auskunft darüber geben können, wo sie sich befinde. Siegtrud wurde von ungehemmter Furcht und Freude zugleich gepackt. Eilig packte sie Proviant ein, dann fuhren sie mit dem Bronco los.

Der Pfarrer war zu Hause. Er war neu, hatte von der Geschichte noch nie gehört, bat sie aber freundlich hinein. Doch wie sehr er auch in seinen Büchern suchte, er fand nichts über ein Kind, das mit einer anderen Person in den Sarg gelegt worden war. War sie sich ganz sicher?

Siegtrud massierte die Flosse, sagte, es sei im Spätwinter 1956 gewesen, im Februar. Sie sei selbst nicht dabei gewesen, habe im Bett gelegen, aber so habe man es ihr erzählt. Der Junge sei mit einem Mann im Sarg bestattet worden, aber sie wisse nicht, mit wem.

Tómas wurde langsam ungehalten. War es denn nicht möglich, nachzuschlagen, wer im Februar 1956 an welcher Stelle bestattet worden war? Doch, dem Buch zufolge hatte es in jenem Monat nur zwei Beerdigungen gegeben. Eine zu Beginn des Monats, eine junge Frau. Die andere am 14. Februar, ein älterer Mann. Doch nirgends ein Wort von einem Kind im Sarg. Und es sei auch nicht möglich, festzustellen, wo genau diese Grabstätten seien, denn damals habe es nur selten Grabsteine gegeben und die Gräber seien nicht aufgelistet worden. Zukünftig würden sämtliche Informationen zusammengetragen und eine Karte des Friedhofs würde angefertigt. Dann sei es hoffentlich möglich, solche Dinge herauszufinden. Sie könnten jedoch zur Nordecke gehen, dort befänden sich die Gräber aus jener Zeit. Anschließend würde er sie gern zum Kaffee einladen.

Siegtrud brachte kein Wort heraus, und Tómas antwortete brüsk, sie hätten Proviant dabei. Dann verabschiedete er sich vom Pfarrer, und sie gingen zum Friedhof. Siegtrud konnte vor lauter Tränen nichts sehen und weinte den ganzen Heimweg über. Erst am Abend erinnerten sie sich an den Proviant.

Später meinte Siegtrud, der Friedhof hätte an einem hübschen Hang gelegen, und sie bedauerte es, nicht in die Kirche geschaut zu haben. Aber sie fuhr nie wieder dorthin.

21

Es versetzte ihr einen Stich in die Brust. Nun sehnte sie sich mehr denn je nach einem Kind. Schließlich gab sie sich einen Ruck und ging zum Arzt. Wollte wissen, ob es einen Grund dafür gab, dass sie nicht schwanger wurde. Der Arzt untersuchte sie gründlich, fand nichts Besonderes und schickte sie nach Akureyri. Dort war es genauso. Der Arzt wollte Tómas sehen, aber der ging nie hin.

Sie versuchten es weiter, doch mit der Zeit fehlte ihnen die Energie und das Verlangen. Sie hatten einander, das Haus und den Garten. Tómas arbeitete in der Fischfabrik, Siegtrud putzte hier und dort, arbeitete jedoch die längste Zeit als Hilfskraft im Spital. Und sie hatten genug zum Leben.

Siegtrud schlug vor, ein Kind zu adoptieren, versuchte, sich durchzusetzen, behielt jedoch nicht das letzte Wort. Schließlich wusste sie, was es bedeutete, in gute Hände zu kommen.

Sie sprach das Thema in regelmäßigen Abständen an, doch Tómas glaubte immer, nun würde es sicher bald klappen. Der Schmerz in der Brust ließ mit den Jahren nach, verschwand jedoch nie ganz.

Es kamen Tage, an denen Siegtrud sich trotz allem tief in ihrem Inneren darüber freuen konnte, einen kleinen Jungen zur Welt gebracht zu haben.

Wenn sie allein zu Hause ist, klopft der Blondschopf an oder schlüpft einfach durch die Tür, die nie abgeschlossen ist. Er sitzt immer auf demselben Stuhl in der Essecke und lächelt, wenn sie ihm Milch und Butterkekse, manchmal auch Cremekekse gibt. Dann setzt sie sich mit einer Tasse Kaffee zu ihm. Manchmal kleckert er, aber das macht nichts, denn sie kauft eine dicke, geblümte Wachstuchdecke, die man leicht abwischen kann. Er leckt die Creme vom Keks und lässt den Rest liegen. Sie schimpft nicht, wäscht ihm nur mit einem nassen Waschlappen über das Gesicht. Genießt es, seine schlanken Finger abzuwischen. An manchen Tagen ist sein Haar zerzaust, und dann kämmt sie seine seidenweichen Locken.

Oft möchte er seine Milch lieber im Wohnzimmer, in der oberen Etage oder sogar auf dem Dachboden trinken. Dann nimmt sie ein Tablett mit nach oben, und sie reden und reden. Sie nimmt ihn in den Arm, erzählt Geschichten und liest aus einem dicken Märchenbuch vor. Als sie herausfindet, dass er gern ins Ausland möchte, erzählt sie von einem fernen Land, einem Land mit Schlössern und hohen Türmen. Zeigt ihm die Bilder in LA FRANCE *und verspricht, bei Gelegenheit mit ihm dorthin zu fahren.*

«Wann fahren wir?», fragt er munter und springt auf die Füße, doch ihr Blick fällt auf die Küchenuhr. Da sieht sie, dass Tómas gleich nach Hause kommen wird, spült den Kartoffeltopf und stellt ihn auf den Herd. Hört, wie der Junge ganz leise die Tür hinter sich zuzieht.

Tómas wunderte sich über die vielen Milchgläser und Kekse, die er überall im Haus fand. Siegtrud war wortkarg, konnte sich auch nicht erklären, was es damit auf sich hatte. Als er einen halb aufgegessenen Cremekeks und ein Glas saure Milch auf dem Dachboden fand, schaute er sie eindringlich an und holte die Abrechnungen der letzten Monate vom Genossenschaftsladen hervor. Er zeigte ihr die erheblich gestiegenen Ausgaben für Butter- und Cremekekse. Zudem tranken sie wesentlich mehr Milch als vorher. Ob sie eine Erklärung dafür hätte?

Sie wies ihn darauf hin, dass immer Kekse in seiner Proviantdose seien. Außerdem würde sie ihren Freundinnen Kekse anbieten, wenn sie zum Kaffee vorbeikämen. Und einige tränken lieber Milch als Kaffee.

«Welche Freundinnen?», fragte er hämisch, doch sie antwortete nicht. Seitdem backte Siegtrud dem Jungen dicke Pfannkuchen und tat ab und zu Rosinen in den Teig. Kaufte überhaupt keine Kekse mehr. Wenn Tómas in seiner Proviantdose Kekse vermisste, bat sie ihn, selbst eine Packung mitzubringen, wenn er zufällig beim Genossenschaftsladen vorbeikomme.

Siegtrud versuchte, an die Milchgläser zu denken und sie einzusammeln. Begrenzte den Rosinenverbrauch. Und der Junge fragte nie nach Keksen, weil er Pfannkuchen viel lieber mochte.

22

Im Nordland kam der Frühling spät, und Siegtrud freute sich darauf, die Gartenarbeit in Angriff nehmen zu können. Eines Tages kurz vor Pfingsten wurde es wärmer, und die Sonne war zu sehen. Sie schien bereits, als der Postbote an den Zaun kam und ihr einen Brief gab. Er war an Siegtrud adressiert, mit unsteter Handschrift und ohne Absender auf der Rückseite. Sie wog ihn in der Hand und inspizierte den blassen Poststempel, während sie ins Haus eilte.

Der Brief beunruhigte sie sofort. Als sie den Umschlag öffnete, stand da *Dein Vater*. Erst verschwamm alles im Nebel, dann drehte sich das Zimmer vor ihren Augen. Sie erinnerte sich daran, wie sehnsüchtig sie auf diesen Brief gehofft hatte. Sah sich im Geiste die Tränen hinunterschlucken, wenn der Postbote wieder einmal vorbeiging, ohne etwas für sie dabeizuhaben.

Siegtrud kochte sich einen Kaffee und saß zwei Stunden später, als Tómas aus der Fischfabrik nach Hause kam, immer noch mit dem Brief in der Hand da. Hatte vollkommen vergessen, das Essen vorzubereiten.

Ólafur hatte am 2. März zu schreiben begonnen. Einiges war mit Bleistift, anderes mit Füllfederhalter geschrieben. Er dankte ihr für ihren Brief, den sie vor langer Zeit geschickt hatte. Er sei zwar verloren gegangen, doch er könne nicht vergessen, wie gut sie schrieb. Nun wolle er ihr antworten.

Er war Witwer, zweimal verheiratet, neunfacher Vater und hatte Kinder mit drei verschiedenen Frauen. Schrieb, er habe nie eine andere als Petrína geliebt, und sie sei in Gedanken stets bei ihm. Das hübscheste Mädchen, das er je gesehen habe, das Mädchen, von dem er immer geträumt habe. Dennoch sei es so gekommen. Ólafur glaubte, sie habe seine Liebe nie im selben Maße erwidert, sei stets ein wenig unnahbar geblieben. Er wisse, dass sie immer nach Frankreich gewollt habe. Schrieb, ihre französischen Wurzeln seien in aller Munde gewesen.

Er schloss den Brief mit der Bitte, Siegtrud solle ins Südland kommen und ihn treffen, er würde ihr die Reise bezahlen. Fragte, ob sie die Mundharmonika noch hätte, den Treuepfand, den er Petrína geschenkt habe. Schrieb, er sei an Krebs erkrankt, habe nicht mehr lange zu leben.

Siegtrud saß wie angewurzelt da. Dann spürte sie Wut in sich hochsteigen. Sie eilte hinaus in den Garten und sog gierig die Frühlingsluft ein. Dachte daran, wie verzweifelt sie sich nach einer Zeile von ihrem Vater gesehnt hatte. Damals hätte sie ihn gebraucht, hatte sie es nicht ertragen können, dass er nicht antwortete. Deshalb hatte sie beschlossen, ihr Brief sei verloren gegangen. Hatte sich so besser gefühlt. Aber sie hatte nicht noch einmal geschrieben.

Warum schrieb er ihr jetzt? Warum ließ er sie nicht in Ruhe? Sie ließ Tómas den Brief lesen, bereute es jedoch sofort wieder. Er sagte, es komme gar nicht infrage, dass sie wegen des Alten, der sie enttäuscht habe, als sie ihn am meisten gebraucht hätte, Hals über Kopf ins Südland fuhr.

Dies führte dazu, dass Siegtrud ihren Vater in Schutz nahm, glaubte, ihn treffen zu müssen, obwohl sie keine Lust mehr dazu hatte. Hoffte auch, mehr über Petrína und ihre Herkunft zu erfahren. Was ging Tómas das an? Ingibjörg Borghildur kam ihr in den Sinn. Wenn es um seine Mutter gegangen war, war Tómas nie so kämpferisch gewesen.

Siegtrud ließ sich viel Zeit zum Nachdenken. Bevor sie losfuhr, hörte sie die Todesmeldung im Radio. Jetzt kämpfte sie mit Gewissensbissen, weil sie nicht sofort gefahren war.

An dem Tag, als er beerdigt wurde, zündete sie eine Kerze an, versuchte, an ihn zu denken und für ihn zu beten. Es fiel ihr schwer, ihre Gedanken schweiften ab und sie verlor mitten im Gebet den Faden. Sie versuchte, es wiedergutzumachen, indem sie Pfannkuchen backte, ein extra Ei in den Teig schlug und ein Fläschchen Sahne kaufte.

Als die Zeitungen im Nordland ankamen, schlug sie mit zitternden Händen die Nachrufe auf. Dann schloss sie die Augen. Endlich würde sie ihn sehen. Hatte sich im Kopf ein Bild von ihm zurechtgelegt und fürchtete sich davor, ein anderes zu sehen.

Nach einigem Zögern öffnete sie das eine Auge einen Spalt, dann das andere. Und Ólafur Jónsson lächelte sie von der Seite an. Ein fröhlicher, attraktiver Mann. Das Gesicht wettergegerbt und ein schalkhaftes Glänzen in den Augen. Ein warmer Strom durchfuhr sie. So also hatte ihr Vater ausgesehen.

Siegtrud wurde als drittes von neun Kindern aufgezählt. Sieben lebten noch. Sie waren im ganzen Land verstreut.

Keines außer ihr lebte im Nordland. Sie starrte auf die Nachrufe, hatte nicht die geringste Empfindung für die Menschen, die plötzlich ihre Familie geworden waren. Menschen, die ein rechtmäßiger Teil ihres Lebens sein sollten, brachten sie immer nur durcheinander. Was hatte es für einen Zweck, sie jetzt kennenzulernen?

Siegtrud schnitt die Artikel aus und las sie, bis sie sie auswendig konnte. Als Nächstes steckte sie sie in einen Umschlag und legte sie in den alten Koffer zu der Mundharmonika. Sanftes Bedauern erfüllte ihre Brust. Bis zum Sommer war sie wehmütig, doch als der Herbst kam, war es vorüber.

23

Nach den Abendnachrichten im Fernsehen klingelte Siegtrud an der Tür in der oberen Etage. Sie hatte den Schal um die Schultern gelegt und LA FRANCE, den Artikel aus dem *Austri* und das Französischbuch unter den Arm geklemmt. Das Bild von ihrem Großvater steckte im Französischbuch.

Sie zögerte nicht und legte die Bücher sofort auf den Tisch. Als Matthías das Französischbuch von Magnús G. Jónsson sah, wurde er aufmerksam, nahm es in die Hand und blätterte lächelnd darin. Er sagte, aufgrund dieses Buches sei er zum Studieren nach Frankreich gegangen. Da fiel das Bild von Magnús aus dem Kofferfach auf den Fußboden.

«Das ist mein Großvater. Ich glaube, er war Franzose», beeilte sich Siegtrud zu sagen. «Ich möchte Sie bitten, mir zu helfen, es herauszufinden.»

Matthías spitzte die Ohren und konnte seine Verwunderung kaum verbergen. Er musste den Artikel aus dem *Austri* lesen und wieder und wieder die Geschichten der Ziehmutter anhören. Arnbjörg kochte Kaffee und bedankte sich noch einmal bei Siegtrud für die Blumen und das Aufräumen. Siegtrud brauchte ein Passwort für das *Íslendingabók*, und Matthías versprach, eines für sie zu beantragen.

Ein paar Tage später wurde ihr das Passwort mit der Post zugeschickt. Sie stürzte nach oben, und Matthías suchte ihren Namen im Computer. Dort erschienen ihre Mutter Petrína Magnúsdóttir, ihre Großmutter Kristbjörg Björgvinsdóttir und ihre Urgroßmutter Halldóra Sigurðardóttir. Sie war verwitwet und neunfache Mutter, als sie wieder heiratete und im Jahr 1901 mit dem Schiff von Seyðisfjörður nach Amerika fuhr. Siegtrud betrachtete die Geburts- und Todesjahre, sah bei einigen Personen, wo sie gelebt hatten, starrte auf den Bildschirm und hatte das Gefühl, endlich eine Familie zu haben. Dort war auch ihr Vater, Ólafur Jónsson, zweitältestes von acht Kindern. Und sie selbst mit ihren Halbgeschwistern, die sie überhaupt nicht kannte. Alles lag glasklar vor ihr.

Doch als die Reihe an ihren Großvater Magnús kam, wurde es komplizierter. Dort stand Magnús K. Pétursson, geboren 1879 im Bezirk Fáskrúðsfjörður, gestorben 1916. Seine Mutter, Kristín Magnúsdóttir heiratete Erlendur Ólafsson im Jahr 1882. Über Magnús' Vater Pétur gab es hingegen keine Informationen. Und dann war da wieder dieses K. Matthías und Siegtrud beschlossen, sich am morgigen Nachmittag im Nationalarchiv zu treffen und die Kirchenbücher durchzusehen.

Siegtrud war als Erste da und unterhielt sich flüsternd mit dem Archivar, bis Matthías eintraf. Die Atmosphäre, die an eine Kirche erinnerte, gefiel ihr sofort. Hier forschten die Leute in der Vergangenheit, und die Zeit schien stillzustehen. Warum war sie nicht schon längst hergekommen?

Matthías ließ sich verschiedene Bücher bringen, und gemeinsam blätterten sie die vergilbten Seiten um. Fasziniert betrachtete Siegtrud die Seiten aus der Zeit, als ihr Großvater auf die Welt gekommen war. Alles war akribisch mit Tinte und Füllfederhalter aufgezeichnet, kaum Kleckse, wenig Durchgestrichenes. In diesen Büchern stand viel mehr als in den Zeitungen, sie besaßen einen Zauber, den Siegtrud kennenlernen wollte. Gemäß dem Kirchenbuch der Pfarrei Kolfreyjustaður gebar Kristín Magnúsdóttir am 16. März des Jahres 1879 einen Sohn. Er wurde auf den Namen Magnús Kermanach getauft. Sein Nachname war Pétursson. Pétur, der Vater des Kindes, war jedoch nirgends zu finden, und es gab keine Erklärung für den Namen Kermanach.

Doch Matthías wusste, dass Kermanach bretonisch war, und sagte, sie seien auf der richtigen Spur. Er meinte, alles deute auf die Fahrten der Seemänner hin, die im 19. Jahrhundert vor der isländischen Küste segelten. Er kannte einen Ahnenforscher, den er kontaktieren wollte.

Siegtrud versuchte, ihre Enttäuschung zu verbergen. Sie hatte auf eine Antwort am selben Tag gehofft, war sich ganz sicher gewesen, sie hier zu finden. Hatte das Gefühl, keine Zeit mehr zu haben, noch länger zu warten. Was, wenn der Ahnenforscher trotz aller Bücher und Forschungen nicht so tüchtig war, wie Matthías behauptete?

Doch der Mann kam schnell voran. Ein paar Abende später erschien Matthías in der Kellerwohnung und zeigte Siegtrud, was er gefunden hatte. Demnach war Magnús aus dem Kofferfach der Sohn von Pierre-Marie Kermanach, von dem der Vatername Pétur stammte. Pierre-Marie kam aus der Stadt Paimpol und segelte jahrelang auf dem Schoner

La Foyette vor der isländischen Küste. Die meisten Jungen aus dieser Gegend hießen Marie, denn man wusste, dass sie eines Tages zur See fahren würden. Durch diesen Namen standen sie im Schutz der heiligen Mutter Maria.

Es hieß, Pierre-Marie habe viel gelacht, sei ungewöhnlich groß und ein guter Sänger gewesen. Der Ahnenforscher betonte, diese Beschreibung beziehe sich möglicherweise auch auf eine andere Person mit einer ganz anderen Geschichte. Es sei eine mündliche, ungewisse Überlieferung.

Siegtrud kamen die Tränen. Sie konnte nichts dagegen tun, und es war ihr in Matthías Anwesenheit unangenehm, denn er wurde ganz verlegen und wusste nicht, wo er hinschauen sollte. Wieder und wieder musste er den Namen Pierre-Marie Kermanach wiederholen. Sie wurde nicht müde, ihn zu hören, hatte das Gefühl, in ein Märchen zu schauen, von dem sie lange geträumt hatte.

Als Matthías wieder nach oben gegangen war, setzte sie sich neben den Koffer und betrachtete lange das Bild von Magnús. Unzählige Fragen gingen ihr durch den Kopf. Wie war die Beziehung zwischen ihrer Urgroßmutter Kristín und Pierre-Marie gewesen? Hatte er für sie gesungen, vielleicht Flöte oder Harmonika gespielt, und hatten die beiden heiraten wollen? Ob der französische Schal von ihm stammte?

Siegtrud nahm ihn von der Wand, schlang ihn um sich und trat vor den Spiegel. Dort sah sie eine schlanke Frau mit langem Haar, in einen schönen Schal gehüllt. Das Haar hatte seine rote Farbe mit den Jahren verloren und war dunkelblond geworden. So gut wie gar nicht ergraut. Die Sommersprossen waren kaum mehr zu sehen. Sie holte eine

Bürste, Haargummi und Spangen und frisierte sich lange und ausgiebig. Am Ende war sie zufrieden und nickte ihrem Spiegelbild zu.

Als sie sich bettfertig machte, summte sie leise die Melodie, die sie so oft gehört hatte. Tief in ihrem Inneren wusste sie, dass sich die überlieferte Geschichte auf Pierre-Marie bezog und auf keinen anderen.

24

Nun wusste Siegtrud, dass ihr Urgroßvater Pierre-Marie Kermanach hieß und aus Paimpol stammte. Und sie wünschte sich mehr denn je, nach Frankreich zu fahren, am besten bis in die Bretagne.

Erneut machte sie sich auf den Weg zum Nationalarchiv, sprach mit dem Archivar und bekam dieselben Kirchenbücher wie beim letzten Mal ausgehändigt. Musste selbst noch einmal nachschlagen und sich vergewissern. Sie fand ihre Urgroßmutter Kristín Magnúsdóttir problemlos, und da war Magnús Kermanach Pétursson, geboren und getauft.

Sich an den Artikel aus dem *Austri* über den Leichenfund im Þistilfjörður im Mai 1916 erinnernd, fragte sie nach anderen Büchern und suchte weiter, bis sie den Namen Magnús Kermanach Pétursson fand. Gemäß dem Kirchenbuch der Svalbarðskirkja im Bezirk Norður-Þingeyjar wurde er am 14. Mai 1916 begraben. Siegtrud starrte in das Buch, und Röte schoss ihr in die Wangen. Endlich war Magnús im Kofferfach nach Hause gekommen.

Sie schwebte vom Stuhl, gab die Bücher zurück und reichte dem Archivar zum Abschied die Hand. Es tat gut, sich in die Hallgrímskirkja zu setzen und Hermann Hreinsson nach diesem harten Arbeitstag das letzte Geleit zu geben. Es war lange her, seit Siegtrud das Singen so genossen hatte.

Da stieg ihr ein vertrauter Parfümgeruch in die Nase, und schräg vor sich zwischen zwei älteren Herren erblickte sie einen breitkrempigen, grünen Hut. Sie rang nach Atem, senkte aus alter Gewohnheit den Blick, bemerkte jedoch, dass sich der Hut langsam und erhaben drehte. Siegtrud brach der Schweiß aus. Da schaute sie schnell hoch und starrte zurück, doch der Hut löste sich auf und verschwand. Die Herren saßen immer noch da und schnarchten leise auf ihrer Bank. Siegtrud brauchte eine Weile, um sich wieder zu fassen. Dann sang sie weiter, erst zögerlich, fasste aber wieder Mut:

Gott wird dich aus der Höhle,
da dich der Kummer plagt,
mit großen Gnaden rücken;
Erwarte nur die Zeit,
so wirst du schon erblicken
die Sonn' der schönsten Freud'.

Die ganze Zeit hörte sie Pierre-Marie Kermanachs Stimme über ihrer Schulter, konnte den Akzent nicht genau ausmachen, aber die Töne waren klangvoll. Und ein Glücksgefühl durchströmte sie.

Sie ging zum Trauermahl, ganz ausgehungert von dem vielen Laufen. Auf dem Tisch standen fünf Gerichte, allesamt mustergültig. Siegtrud langte ordentlich zu, sodass sie das Abendessen auslassen konnte.

Als sie ihren Namen schrieb, legte sie die linke Hand auf das Gästebuch, um es festzuhalten, und stellte dabei fest, dass es ihr vollkommen gleichgültig war, wenn die Leute die Flosse sahen. Anschließend trat sie leichten Schrittes hinaus in den Frühling.

Am nächsten Tag ging Siegtrud in die Stadt, um einen Rahmen für Magnús im Kofferfach zu kaufen. Sie ging von Geschäft zu Geschäft, fand jedoch keinen, der ihr gefiel. Am Ende kam sie zu einem Antiquitätenladen, und dort entdeckte sie einen Rahmen, der zu ihm passte.

Sie befestigte das Bild im Rahmen und hängte es an die Wand zwischen den Koffer und den Schal. Dann zog sie das Grammophon auf, wechselte die Nadel aus, und die *Zigeunerweise* erfüllte das Wohnzimmer.

«Das hättest du schon längst tun sollen», sagte Magnús Kermanach von der Wand hinunter. Seine Stimme war tief und ein wenig rau, so als dringe sie nicht gänzlich durch das gerahmte Glas. Siegtrud zuckte zusammen, fasste sich aber schnell wieder.

«Lässt mich fast hundert Jahre im Kofferfach herumliegen. Findest du das entschuldbar?», fuhr er fort.

Siegtrud hob die Augenbrauen:

«Warum bist du so mürrisch, lieber Großvater?»

«Ich habe mich zu Tode gelangweilt», sagte er, hielt jedoch an sich und fügte hinzu: «Danke für den Rahmen, Mädchen. Der ist schön!»

«Nach dem habe ich lange gesucht. Ich wollte dir alle Ehre erweisen», antwortete sie feierlich.

«Das hast du stets getan.» Lag da etwa Anerkennung in seiner Stimme? Er versuchte, fröhlich zu klingen, aber es schien ihm schwerzufallen, den traurigen Ton zu verbergen:

«Du hättest mich mit in die Stadt nehmen können.»

«Was meinst du?»

«Na, um einen Rahmen zu suchen.»

Sie antwortete nicht.

«Es ist lange her, seit wir gemeinsam eine Reise unternommen haben.» Er schaute von der Wand in den alten Koffer hinunter. Dann fügte er ein wenig barsch hinzu:

«Willst du nicht noch etwas Musik spielen, Mädchen?»

Siegtrud ging zum Grammophon, drehte langsam, aber entschieden die Kurbel und zog es bis zum Anschlag auf. Dann lächelte sie ihm zu. Er lächelte zurück und schloss die Augen, während die *Zigeunerweise* erklang und durchs offene Fenster in die Nachbargärten getragen wurde. Dort schauten die Leute von der Gartenarbeit auf, streckten ihre Glieder und lauschten.

25

Das Nationalarchiv hatte es Siegtrud angetan, ihr Weg führte sie immer wieder dorthin. Sie hatte einen Ausdruck ihres Stammbaums dabei, den Matthías kürzlich im *Íslendingabók* gefunden hatte, sowohl mütterlicherseits wie auch väterlicherseits. Siegtrud hatte das Gefühl, in den Kirchenbüchern nachsehen zu müssen, wie der Pfarrer mit den Leuten verfahren war. Seine Schrift betrachten zu müssen. Sie beratschlagte sich jedes Mal mit demselben Archivar, und er half ihr, alles zu finden, was sie brauchte.

An einem kalten Regentag schlug sie den Seemann Ólafur Jónsson im Kirchenbuch der Pfarrei Útskáli nach. Er war am 4. April 1915 in Sandgerði geboren und am 23. Mai 1985 in Reykjavík gestorben. Sie verspürte auf einmal den Wunsch, den Hof anzuschauen, auf dem er die meiste Zeit seines Lebens verbracht hatte. Sein Grab aufzusuchen. Ein Satz aus einem der alten Nachrufe ging ihr durch den Kopf, und sie sah den zehnjährigen Ólafur vor sich, wie er mit seiner Mutter und einer großen Geschwisterschar am Strand stand und zusehen musste, wie sein Vater starb.

Siegtrud eilte zur Nationalbibliothek. Als sie den Lesesaal im unteren Stockwerk betrat, erblickte sie das Gemälde. Sie betrachtete die Würste auf dem Eimer und roch den vertrauen Geruch von gebratener Blutwurst mit Zucker.

Siegtrud fragte nach Tageszeitungen aus dem Jahr 1925 und suchte so lange, bis sie die Meldung über das Schiffsunglück fand. Jón Guðmundsson war einer der Seemänner gewesen, die mit der Kristín GK 46 untergegangen waren. Viele der Seemänner hatten nicht schwimmen können. Einige waren gefunden worden, andere nicht, Jón gehörte zu den Letzteren. Siegtrud suchte weiter, ob über Männer berichtet worden war, die später an Land gespült wurden, fand aber nichts. Sie musste an ihre Großmutter und die Geschwisterschar am Strand denken. Ob das rote Haar von ihr stammte?

Als Siegtrud den Lesesaal verließ, fiel ihr Blick auf die Erntearbeiter an der Wand. Das Pferd, das so friedlich gewesen war, sah aus wie ein Werwolf, und die Leute schienen ihr hinterherzuglotzen. Die Frau vorn auf dem Bild hatte gerötete Wangen und wäre am liebsten von der Leinwand gestiegen und in die Freiheit hinausgegangen.

Vielleicht hat sie genug von der ganzen Blutwurst, die Arme, dachte Siegtrud auf der Treppe. Es würde bestimmt Spaß machen, sie mitzunehmen. Nur nicht heute.

Magnús im Kofferfach regte sich nicht an seiner Wand. Aber er hatte etwas in ihr ausgelöst, als er über das Reisen gesprochen hatte. Und der Gesang im Koffer wurde im Laufe des Frühlings immer lauter. Siegtrud konnte die Wörter nicht verstehen, war sich aber sicher, dass es Französisch war. Sie hatte das intensive Gefühl, dass all dies ihr etwas sagen sollte.

Nachdem sie gründlich nachgedacht hatte, holte sie sich in verschiedenen Reisebüros Informationsbroschüren, las sie durch und verglich die Preise. Einige Zeit später buchte sie eine Gruppenreise nach Frankreich für den 1. Juli. Ihr Herz hämmerte wie wild, als sie die Anzahlung machte, aber sie versuchte so zu tun, als sei das ganz normal. Versuchte, so auszusehen, als würde sie oft verreisen. Ging mit einem Knoten im Magen nach Hause und begann, die Tage zu zählen.

Sie hatte Matthías nicht um Rat gebeten, weil sie Angst hatte, dass er ihr die Reise wieder ausreden würde, zeigte ihm nur die Einzahlung und bat ihn, die Katzen und Pflanzen zu hüten, während sie unterwegs war. Er war erstaunt, willigte aber, ohne zu zögern, ein. Dann rief sie beim *Fréttablaðið* an und fragte, ob sie im Mai und Juni an den Wochenenden zusätzlich austragen könnte. Sie dachte darüber nach, sich auch noch als Vertretung tagsüber anzubieten, ließ es jedoch dann bleiben. Bei der Verwaltung vom *Morgunblaðið* beantragte sie für den Juli Urlaub, den sie ohne Einwände bekam.

Womöglich fürchtete sie sich ein klein wenig oder war einfach nur angespannt. Jedenfalls zog sie es vor, genug zu tun zu haben, und versuchte, möglichst wenig nachzudenken. Sie stand morgens früh auf und ging abends spät ins Bett, vertiefte sich in Bücher über Frankreich und studierte Karten. Sie musste sich einen Reisepass besorgen und Fotos machen lassen. Es gab einiges zu erledigen. Sie verglich Preise und ging schließlich ins Einkaufscenter Kringla, wo sie an einem Automaten vernünftige Passfotos bekam. Und Euros durfte sie auch nicht vergessen. Der Ausverkauf hatte soeben begonnen, und Siegtrud kaufte für einen günstigen Preis Sandalen und einen leichten Sommerrock.

Die Sonne schien, und an der Hausmauer auf der Südseite blühte der Flieder mit hellvioletten Blüten.

26

Die neue Reisetasche stand auf dem Fußboden. Darin lag LA FRANCE neben dem Schal, dem Französischbuch, Magnús' Bilderrahmen, Karten und Prospekten, die Matthías ihr gegeben hatte. Er war sehr erstaunt gewesen, als er dahinterkam, dass sie das Französischbuch von Magnús G. Jónsson auswendig konnte. Sagte allerdings, sie habe eine merkwürdige Aussprache, die niemand verstehen würde. Er wollte, dass Siegtrud Ausspracheübungen bei der Alliance Française mache, aber das wies sie von sich. Da fragte er, ob er ihr einen Kurs bezahlen dürfe, aber sie lehnte dankend ab. Am Ende vertraute sie ihm an, dass ihr der Gedanke an eine Schulklasse zuwider sei. Ihre Schulausbildung sei nach der Konfirmation abgeschlossen gewesen, und daran ließe sich auch nichts ändern.

Als Siegtrud sah, dass er widersprechen wollte, hielt sie ihm die Flosse hin. Matthías verstummte, senkte den Blick und fragte dann, ob er sie unterrichten dürfe. Darauf ließ sie sich ein. Seitdem saßen sie abends zusammen, und Siegtrud gab sich die größte Mühe, übte die Aussprache mit den Katzen und sprach Französisch mit dem Spiegel.

Nachdem sie beschlossen hatte zu verreisen, schien die Unruhe im Koffer noch größer zu werden. Oft starrte sie sich die Augen aus dem Kopf, konnte jedoch nicht feststellen, was los war. Es schien ihr unwahrscheinlich, dass Tómas in die Nähe des Koffers kam, der immer offen stand.

Sie war zum Friedhof gegangen und hatte lange bei ihm gesessen. Ihm von der Parisreise erzählt und von den Gefühlen, die sie bewegten. Ihm erzählt, dass LA FRANCE ein wichtiger Teil ihres Lebens sei und es immer gewesen war. Jetzt, da sie Gewissheit über ihre Herkunft habe, müsse sie einfach fahren, Paris entdecken und dann sehen, was geschehen würde. Aber was auch kommen mochte, er könne darauf vertrauen, dass sie in Gufunes enden würde. Es war viel leichter, mit Tómas über Gefühle zu sprechen, seit er tot war.

Siegtrud hatte auch auf dem Fossvogur-Friedhof bei Kjartan vorbeigeschaut. Auf seinem Grab strahlten Sumpfgarben und Nachtviolen in der Sonne. Kjartan und sie konnten sich noch nicht miteinander unterhalten, aber sie spürte, dass die Stunde näher rückte.

Siegtrud wusste nicht, wie lange sie geschlafen hatte, als sie aufschreckte und Tómas vor sich stehen sah. Er trug den blauen Trenchcoat und die Schirmmütze, keinen Schal, hielt jedoch eine Reisetasche in der Hand. Es war die braune Papptasche mit Plastikecken, die sie weggeworfen und durch die neue Tasche mit Rädern ausgetauscht hatte. In seinem Gesicht lag Strenge, und sein Blick erinnerte an Ingibjörg Borghildur.

Siegtrud saß kerzengerade im Bett und sah, wie er im Flur verschwand. Er sagte kein einziges Wort, bedeutete ihr jedoch mitzukommen. Sie stürzte durch den Raum und schrie:

«Tómas, was willst du von mir?»

Cäsar kam angerannt. Im Wohnzimmer knallte der Koffer mit Nachhall zu. Siegtrud erschrak heftig, öffnete ihn jedoch energisch wieder. Blitzschnell tauchte ein Gesicht auf, das ihr bekannt vorkam. Die Frau am Bettende, vor langer Zeit. Dann war sie verschwunden.

Siegtrud zog die Gardinen auf. Die Morgensonne strömte hinein. Heftig zitternd setzte sie sich auf den Bettrand. Das Flugticket lag auf dem Boden. Sie reckte sich danach. Hatte es beim Einschlafen in der Hand gehalten und weggeschleudert, als sie aufschreckte. Es war halb vier.

Da hörte sie leises Singen. Dann schien der Sänger Kraft zu schöpfen. Der Gesang beruhigte sie. Sie sprach ihre Gebete, reckte sich nach der Bibel und saß lange da. Kochte in der Küche Milch und trank zwei Tassen, wollte sich jedoch nicht wieder hinlegen, aus Angst einzuschlafen.

Was konnte Tómas von ihr wollen? Er würde sie doch wohl kaum ausgerechnet jetzt zu sich holen? Siegtrud ging unter die Dusche und drehte das heiße Wasser voll auf. Dann zog sie sich an. Die ganze Zeit wurde im Koffer gesungen. Siegtrud stimmte ein, während sie sich vor dem Wohnzimmerspiegel kämmte und zurechtmachte. Versuchte, fest auf beiden Beinen zu stehen. Ihre Knie zitterten immer noch.

Als Matthías an der Tür klingelte, saß sie da und wartete. Hatte eine Patience nach der anderen gelegt, die Blumen gegossen, den Müll herausgebracht und sich von den Katzen verabschiedet. Hatte unzählige Male überprüft, ob sie das Ticket und den Pass dabeihatte, immer wieder die Euros gezählt und sie in den Geldgürtel gesteckt, den Arnbjörg ihr geliehen hatte. Matthías wollte sie zum Bus bringen und dann früh zur Arbeit gehen. Das Letzte, was sie tat, bevor sie hinausging, war, den Koffer zu schließen. Der Gesang verstummte.

Im Bus suchte sie sich einen Platz auf der linken Seite am Fenster. Als der Bus losfuhr, richtete sich Siegtrud auf und winkte. Lächelte und winkte weiter, als Matthías schon längst nicht mehr zu sehen war. Dann ließ sie sich auf das weiche Polster sinken, streckte die Beine aus und schaute sich um.

Da sah sie sie aus dem Augenwinkel auf dem Platz neben sich dunkles Haar mit langen Zöpfen. Nebelhaft. Ein Bündel auf dem Schoß, lächelte sie über einen geblümten Schal hinweg. Verwirrt senkte Siegtrud einen Moment den Blick. Als sie wieder aufschaute, war die Frau verschwunden.